KB060681

이 안경으로
말씀드리자면

글 오기우에 치키 | 그림 요시타케 신스케
옮긴이 조은지

이 안경으로
말씀드리자면

무지갯빛 다양한
세상을 바라보는
미래 안경

북폴리오

차 — 례

프롤로그

아카사카 역에 있는 디저트 카페 코지코너에는 차를 마실 수 있는 작은 카페 공간이 있다. 그곳에서 가끔 편집자를 만나 미팅을 한다. 내 직장에서 가까워 그런지 미팅 상대가 코지코너에서 보자고 할 때가 많아 그곳을 이용할 뿐 특별한 이유는 없다.

내 쪽에서 매번 같은 장소를 지정하는 모습도 썩 좋아 보이지 않을 듯하여 장소 선택은 대체로 상대방에게 맡긴다. 덕분에 다양한 카페를 알게 되는 것 외에도 장소 고르는 센스를 보면 지금부터 함께 일하게 될 사람의 성격을 조금이나마 짐작해 볼 수 있어 좋다. 모던한 다방인지, 요즘 뜨는 테라스형 카페인지, 프랜차이즈 커피 전문점인지, 개성 있는 티하우스인지.

아카사카의 수많은 카페 중에서 굳이 코지코너를 미팅 장소로 선택하는 사람은 왠지 일을 열심히 할 것 같은 느낌이 든다. 색다른 맛보다 실용적이고 무난한 맛을, 즐거운 시간보다는 효율적인 미팅을 우선시하는 느낌이랄까. 지금껏 코지코너에서 만난 사람들과는 어쩐지 관계가 오래도록 지속되는 편이다. 어디까지나 내 개인적인 생각이지만.

나는 커피 맛을 좋아하기는 하지만 커피를 마시면 금방 초조해지고 긴장이 되어 대체로 오렌지주스나 콜라를 주문한다. 다양한 카페에 다니지만 커피 맛을 비교해 보지는 않는다.

문학연구가인 한 친구는 팬케이크를 좋아하다 못해 연구서보다도 팬케이크 책을 먼저 내더니 급기야 방송인 마츠코 디럭스ま つ こ で ら っ く す가 진행하는 텔레비전 프로그램에 팬케이크 애호가로 출연했다. 와, 정말 대단하다 싶어 놀라움을 금치 못했는데 나도 만약 카페에 갈 때마다 케이크나 커피를 주문했더라면《책, 때때로 커피本のあいまにコーヒーを》같이 근사한 제목의 책 한 권쯤 냈을지도 모를 일이다.

하지만 나는 미각이 뛰어나지 않을 뿐더러 그럴 만한 경험치도 없다. 내가 할 수 있는 말이라고는 고작 "똑같이 얼음이 녹아도 밍밍한 오렌지주스보다는 밍밍한 콜라가 더 맛있지 않아?" 하는 정도다.

이 책의 시작인 〈미래 안경みらいめがね〉 연재를 앞둔 미팅에서도 나는 오렌지주스를 주문했다. 이 글들은 바로 그 오렌지주스처럼 시큼한 맛과 단맛이 동시에 느껴지는 에세이집으로 완성되었다. 〈미래 안경〉을 연재했던《생활 수첩暮しの手帖》이라는 잡지 이름에 딱 어울리는 내용이 되지 않았나 싶다. 여담이지만 '생활 수첩'의 표기를 '暮らしの手帖'으로 잘못 알고 있었다는 걸 연재가 14회를 넘겼을 무렵에야 눈치챘다.('생활 수첩'의 일본 발음

'구라시노테초'에서 '생활'을 뜻하는 말 '구라시暮し·くらし'의 올바른 표기법은 현재 '暮らし'로 자리 잡았으나, 전쟁 전에는 '暮し'라는 표기가 일반적이었다. 《생활 수첩》은 1946년 창간된 종합 생활 잡지다_옮긴이)

편집자 다카노 씨가 글과 함께 일러스트를 넣고 싶다며 누군가 떠오르는 사람이 있는지 묻기에 '요시타케 신스케ヨシタケ シンスケ'라는 이름을 조심스럽게 입에 올렸다. 언제나 상상력과 재치가 돋보이는 일러스트를 선보이는 작가인 데다 나는 그의 작품이라면 거의 다 소장하고 있었다. 얼마나 바쁠지는 미루어 짐작할 수 있기 때문에 쉽게 수락해 줄 것 같지는 않다며 자신 없는 투로 이야기했던 터라 그가 일러스트를 맡아 준다는 말을 듣고는 정말 놀랐다.

독특한 관점을 지닌 일러스트 작가 요시타케 신스케에게 나만의 관점으로 풀어 낸 원고를 보내는 일은 그 자체만으로도 즐거운 작업이었다.

안경을 바꾸면 세상이 달라진다. 끊임없이 삶을 관

찰하는 두 사람이 엮어 낸 또 다른 상상력을 담은 이 책이 독자 여러분의 안경이 되어 주기를.

오기우에 치키荻上チキ

이   그 소녀가 사는 법

다섯 살 딸아이와 함께 텔레비전을 보고 있다. 다른 할 일도 있지만 옆에 있다가 모르는 것이 나오면 설명해 달라는 딸의 요구에 순순히 따르는 중이다. 덕분에 나도 이제 애니메이션 주제가 몇 곡 정도는 따라 부를 수 있는 수준이 되었다.

딸이 좋아하는 애니메이션에는 공주나 아이돌이 등장한다. 여자아이들에게는 선망의 대상으로 묘사되는 캐릭터다. 다만 내가 어렸을 때와는 달리 요즘 아이들 눈높이에 맞게 변모했다는 점이 흥미롭다.

내 딸은 특히 〈리틀 프린세스 소피아 Sofia the First〉에 푹 빠져 있다. 디즈니가 제작한 텔레비전 애니메이션으로 마을에 사는 평범한 소녀 소피아가 엄마와 국왕의 재혼으로 공주 신분이 되어 성에서 살게 된다는 내용을 담고 있다.

어떻게 이런 일이. 옛날 디즈니 작품 속 계모는 항상 나쁜 엄마였다. 그런데 소피아의 엄마는 계모인데도 국왕의 전처 소생들에게 무척 상냥하다. 사실 그보다도 국왕의 재혼 상대가 평민 출신의 싱글맘이라는 설정이 더 신선하다.

소피아는 학교에서 다양한 인종의 공주들과 함께 공부하거나 왕실 행사에서 친구들과 소동을 피우곤 한다. 하지만 왕자님과 연애하는 일은 일어나지 않는다. 캐릭터 설정이 여덟 살인 까닭도 있겠지만 단지 그런 이유만은 아닌 듯하다. 최근에 나온 디즈니 애니메이션은 마치 이전 작품들 속에 녹아 있던 공식을 다시 쓰려는 것처럼 보인다. 시청자도 다양해졌다. 디즈니는 이러한 사회 변화를 민감하게 감지하고 있는 모양이다.

그 소녀가 사는 법

*

　지금까지 디즈니 공주는 시대와 함께 변해 왔다. 1930년대부터 1950년대 사이에 제작된 〈백설공주와 일곱 난쟁이Snow White and the Seven Dwarfs〉〈신데렐라Cinderella〉〈잠자는 숲속의 공주Sleeping Beauty〉 같은 작품은 '공주가 멋진 왕자를 만나 역경을 헤치고 두 사람은 오래도록 행복하게 살았다'는 틀에 박힌 스토리를 보여 준다. 공주들은 하나같이 수동적이고 가정적인 존재이며 아름다운 외모를 가졌다. 한편 왕자는 부유한 권력자인 데다 얼굴도 잘생겼다. 남성과 여성의 역할이 확실하게 구분되다 못해 강조되었다.

　백설공주 이야기는 바로 이러한 공식의 전형을 보여 준다. 사악한 여왕이 목숨을 노리자 성에서 도망친 백설공주는 숲속에서 일곱 난쟁이를 만난다. 백설공주는 타고난 미모와 살림 솜씨로 일곱 난쟁이의 마음을 사로잡고, 그녀의 목숨을 구해 준 왕자와 사랑에 빠진다.

백설공주는 왕자의 사랑을 얻기 위해 별다른 노력을 하지 않았다. 깊이 잠든 채 왕자의 키스를 기다렸을 뿐이다. 착한 아이가 산타클로스에게 선물을 받듯 가만히 앉아 있었더니 호박이 넝쿨째 들어온 모양새다.

더욱이 놀랍게도 왕자는 이름조차 없다. 이름도 없이 오직 역할만 존재하는 왕자. 그는 백설공주의 찬란한 러브 스토리를 완성하는 들러리에 지나지 않는다. 〈신데렐라〉에 나오는 왕자에게는 적어도 '차밍 왕자Prince Charming'라는 이름이 있는데 말이다. 범상치 않다. 참으로 기발한 이름이다. 옛날에는 아무리 왕자님이라 할지라도 인권이 없었나 보다.

여성은 수동적, 남성은 능동적. 이런 케케묵은 공식도 시대와 함께 변해 간다. 〈인어공주The Little Mermaid〉〈미녀와 야수Beauty and the Beast〉〈알라딘Aladdin〉 같은 작품 속에 등장하는 새로운 공주는 백설공주처럼 소극적인 태도를 보이지 않는다. 자의식을 갖고 적극적으로 모험을 찾아 떠난다.

예를 들어 〈인어공주〉 속 아리엘은 바다 위 세상을 동경하여 가출하는데 그녀가 연모하는 상대는 멋진 왕자라고 하기에는 어딘가 부족하다. 〈미녀와 야수〉의 주인공 벨은 흉측한 야수와 사랑에 빠진다. 물론 저주가 풀리면 잘생긴 왕자님 모습으로 돌아오지만.

내가 처음으로 영화관에서 본 디즈니 공주는 〈알라딘〉의 재스민이었다. 왕국의 법률로 정해진 정략결혼을 거부하고 자유를 동경하는 소녀. 그런 재스민이 사랑하는 사람은 마을의 좀도둑 알라딘이다. 〈알라딘〉은 그림의 떡이나 마찬가지였던 공주들이 한층 현실감 있는 존재로 그려지기 시작한 무렵에 제작된 작품이다.

그전까지 백설공주나 신데렐라 이야기는 여자아이들에게 마치 교훈처럼 여겨졌다. '여자답게 살다 보면 언젠가 백마 탄 왕자님을 만나 오래오래 행복할 수 있답니다.' 이런 말을 듣고 가슴 설레는 소녀들이 있는가 하면,

그럴 리가 있냐며 정색하는 소녀들도 있지 않았을까?

〈알라딘〉에서도 국왕은 전통을 운운하며 정혼자와 결혼하도록 재스민을 설득한다. 하지만 재스민은 자신이 원하지 않는 결혼은 싫다며 분노한다. 누구나 각자의 방식으로 행복해지면 그만이라고, 자신의 눈으로 직접 더 넓은 세상을 보고 싶다고. 마침내 국왕은 재스민에게 정략결혼을 강요하지 않기로 한다. 그리고 알라딘은 마법의 양탄자로 그녀에게 자유를 선물한다. 이런 작품을 보고 자라서인지 나는 타인에게 특정 가치관을 강요하는 태도는 옳지 못하다고 생각하며 살아왔다.

디즈니 공주들은 이후에도 변화를 거듭한다. 백인이 아닌 공주들이 등장한 것이다. 이를테면 〈알라딘〉의 재스민은 아랍계, 〈포카혼타스Pocahontas〉의 주인공 포카혼타스는 아메리칸인디언, 〈뮬란Mulan〉에 나오는 뮬란은 아시아계, 〈공주와 개구리The Princess and the Frog〉속 티아나는 흑인이다.

그 소녀가 사는 법

이야기의 주제도 달라진다. '왕자님과의 사랑'이라는 소재를 명확히 부정하기 시작했다. 디즈니의 히트작 〈겨울왕국Frozen〉에서 잘생긴 왕자는 왕국을 빼앗으려는 악역으로 등장한다. 핵심 줄거리는 애나와 엘사 자매의 화해. 남녀의 연애 대신 자매의 우애를 그리고 있다.

"있는 그대로의 내 모습을 보여 줄래."(주제곡 〈렛 잇 고〉의 일본어판 후렴구 가사이며, 한국어 더빙판은 해당 부분이 '다 잊어, 다 잊어'로 번역되었다_옮긴이)

누구나 한 번쯤 흥얼거려 봤을 〈겨울왕국〉의 주제곡 〈렛 잇 고Let it go〉. 엘사 공주는 지난날 부모에게 억압받았던 자아를 스스로 긍정하는 슬픈 장면에서 이 노래를 부른다. 그녀는 노래와 함께 '공주다움'이라는 족쇄를 벗어던진다.

수수한 모습에서 마녀를 떠올리게 하는 의상과 메이크업으로 화려하게 거듭나는 모습을 보며 해방감을 느낀 사람도 많지 않았을까? 중년 세대라면 '우리 아이가 삐딱해졌다'고 느낄 만한 모습으로 묘사된다. 바로 그런 점에서 의미가 있다. 신세대가 기존의 가치관에서 벗어나는 것을 의미하기 때문이다.

〈겨울왕국〉 전에도 연애라는 주제를 강하게 부정한 작품이 있었다. 〈메리다와 마법의 숲Brave〉이라는 애니메이션이다. 주인공 메리다는 아버지에게 받은 활을 능숙하게 다루며 모험을 동경하는 말괄량이 소녀다. 어느 날 메리다에게 혼담이 오고 세 영주의 아들이 그녀와 결혼하기 위해 경쟁을 벌인다. 물론 메리다는 결혼에 흥미가 없다. 오히려 무리하게 혼사를 밀어붙이고 공주답게 행동하라며 지겹도록 잔소리하는 엄마에게 반항한다.

그렇다. 〈메리다와 마법의 숲〉은 엄마와 딸의 화해를 그린 이야기다. 메리다의 엄마는 결국 자유분방한 딸의 모습을 있는 그대로 받아들이기로 한다.

'연애를 통해 행복을 얻을 수 있다'는 진부한 가치관이 작품 속에서 사라지고 자유롭게 자기다움을 추구하는 새로운 가치관이 자리 잡게 되었다. 최근 디즈니 애니메이션은 이러한 콘셉트의 이야기를 되풀이한다. 그런 이유로 아이부터 어른까지 폭넓게 사랑받고 있는 듯하다. 아직도 백설공주 타령이나 하고 있다면 적어도 내가 디즈니 애니메이션에 마음 끌릴 일은 없지 않았을까?

〈리틀 프린세스 소피아〉에서는 소피아가 위기에 빠지면 백설공주, 신데렐라, 아리엘, 벨, 라푼젤, 재스민, 메리다 등 역대 디즈니 공주들이 나타나서 소피아를 도와준다. 이때 공주들이 소피아에게 도움을 주는 방식이 마음에 든다. 공주들은 특별한 능력으로 소피아를 구해주는 대신 자기 생각과 경험을 들려준다. 다름 아닌 '걸즈 토크girls talk'다. 소피아는 선배 공주들과 이야기를 나누는 사이 스스로 해답을 찾는다.

저마다 살면서 얻은 경험을 바탕으로 공주들이 의견을 주고받는다는 설정이 참 흥미롭다. 백설공주의 생활은 고리타분하다거나 메리다의 삶은 제멋대로라거나 하는 식으로 서로의 인생을 함부로 평가하지 않는다. 선배 공주들은 소피아에게 자기 생각을 강요하지 않는다. 상대를 존중하고 거리감을 유지하면서도 서로 의지하고 함께 고민한다.

소년 만화 잡지에 나올 법한 일본 판타지 만화였다면 아마도 역사 속 영웅의 능력을 빌려 변신하거나 다양한 신을 불러 적을 쓰러뜨리지 않았을까? 물론 그것도 나름대로 현대적이긴 하다. 실제로 요즘 나오는 〈가면라이더仮面ライダー〉 시리즈는 장면에 따라 변신 방법이 달라진다. 상황에 맞는 캐릭터와 대처 방법을 적절하게 선택하는 임기응변은 지금 시대의 아이들에게도 필요한 자세다. 구시대의 영웅들은 '라이더 킥'이나 '스페시움 광선'처럼 오직 한 가지 필살기만 밀어붙였다. 하지만 그런 방식은 이제 진부하다.

역대 디즈니 공주들은 그저 소피아와 이야기를 나누고 노래한다. 백설공주가 난쟁이들을 불러 모아 도움을 받거나 라푼젤이 머리카락으로 적을 붙잡고, 메리다가 마녀의 미간을 활로 쏘는 장면은 나오지 않는다. 조금은 궁금한 마음도 들지만 만약 그런 일이 생기면 〈리틀 프린세스 소피아〉는 전혀 다른 작품이 되어 버린다. 소피아와 공주들은 각자의 방식으로 위기에 맞서 싸운다.

*

나는 영화관에서 본 〈알라딘〉 속 재스민의 모습에서 예전 공주들에게서는 볼 수 없었던 자유를 느꼈다. 소피아는 다른 공주들보다 더 자유롭고 한발 더 나아가 타인의 삶과 개성을 존중할 줄 안다.

이런 작품을 보고 커 가는 아이들은 어떤 어른이 될까? 다섯 살 딸아이의 성장한 모습은 전혀 상상이 안 된다. 다만 내가 어렸을 때보다는 개성을 존중받았으면 한다. 적어도 '여자답게'를 강요하는 메시지에 고통받는 일은 없었으면 좋겠다.

물론 세상에 나가 보면 그야말로 불합리한 일들이

잔뜩 기다리고 있을 것이다. 아무리 디즈니 공주라도 직장 상사의 성희롱이나 시부모의 가치관 강요처럼 심각한 문제에 대해 조언을 해 주지는 않는다. 그래도 디즈니 애니메이션은 '여자답게 살면 행복해진다'는 따위의 이야기는 하지 않는다. 오히려 '타인의 인생을 비웃지 말라'고 이야기한다.

'소피아 세대'의 아이들이 앞으로 사회에 나가서 개성을 억압받지 않기 위해서는 어떻게 해야 할까? 일단 부모들이 바뀌고 노력해야 한다. 먼저 내가 그들을 억압하는 '세상'이 되지 않도록 조심하는 일부터 시작해 보려 한다.

그 소녀가 사는 법

02   누구나 웃을 수 있는 사회

2016년 5월 8일 요요기 공원에서 열린 '도쿄 레인보 프라이드Tokyo Rainbow Pride'에 다녀왔다. 섹슈얼 마이너리티sexual minority(성소수자)에 대한 차별과 편견을 없애고 모든 사람이 당당하게 살아갈 수 있는 사회를 만들자는 취지의 축제다. 나는 이 축제가 좋아 매년 요요기 공원에 찾아간다. 취재하다가 퍼레이드가 지나갈 때 무지개 깃발을 흔든다.

무지개는 섹슈얼 마이너리티를 상징하는 아이콘이다. 그래서 무지개 깃발을 흔드는 일은 다양한 성 정체성에 대하여 '이 세상을 수놓는 반가운 존재'로 여기고 환영하는 행위이기도 하다. 남자를 좋아하는 여자 또는 여자를 좋아하는 남자만 있지는 않다. 그보다 훨씬 다양한 성의 형태가 존재한다.

예를 들어 요즘 섹슈얼 마이너리티를 가리켜 'LGBT'라는 말을 많이 사용하는데, 이는 각각 레즈비언lesbian, 게이gay, 바이섹슈얼bisexual, 트랜스젠더transgender의 머리글자를 따서 만든 표현이다. 동성을 좋아하거나 정신적 성별과 육체적 성별 또는 사회적 성별이 일치하지 않는 등 성 정체성은 사람마다 다르다. 소위 이런 사람들을 통칭한 'LGBT'라는 표현이 등장하면서 그동안 성소수자에 대해 잘 몰랐던 사람들도 점차 관심을 갖게 된 모양이다.

'LGBT'라는 약어로 뭉뚱그려 표현하고는 있지만 섹슈얼 마이너리티는 'LGBT'에 국한되지 않는다. 성적 충동이 없는 사람으로 성적 자극에 반응하지 않는 에이섹슈얼asexual(무성애자)이나 남녀 이원론으로 구분하지 않고 사람을 사랑하는 팬섹슈얼pansexual(범성애자), 당사자의 동의 아래 여러 사람과 교제하는 폴리아모리poly-amory(다자간 연애) 등 다양한 성 정체성이 있다.

축제의 하이라이트는 단연 퍼레이드다. 퍼레이드는 요요기 공원에서 출발해 시부야, 하라주쿠 거리를 거쳐 다시 요요기 공원으로 돌아온다. 경쾌한 음악 소리를 내는 트럭을 선두로 사람들은 저마다 구호를 외치거나 플래카드를 들고 거리를 행진한다.

텔레비전에서 가끔 보는 '언니 캐릭터' 느낌으로 화려한 의상을 입고 치장한 사람이 있는가 하면 자연스러운 평상복 차림으로 걷는 사람도 있다. 커플은 물론 가족 단위로 참가하는 사람들도 있다. 퍼레이드를 하는 사람들은 세상에서 가장 행복한 미소를 띠고 사람들을 향해 손을 흔든다.

그해에는 처음으로 퍼레이드 행렬이 시부야의 스크램블 교차로를 통과했다. 세계적인 관광 명소이자 수많은 사람이 오가는 스크램블 교차로를, 바로 그곳을 퍼레이드 행렬이 지나간 것이다. 시대가 한 걸음씩 앞으로 나아가고 있음을 느끼게 하는 상징적인 사건이었다. 주최 측에 따르면 퍼레이드 참가자나 이벤트에 출전하는 기업이 해마다 증가하는 추세라고 한다.

*

내가 매년 퍼레이드를 보러 가게 된 데에는 두 가지 계기가 있다. '작품의 힘' 그리고 '인터넷의 힘'이다.

나는 대학교에서 문학과 영화를 공부했다. 당시 '문학연구모임'이라는, 이름만 들어도 우중충한 기운이 느껴지는 동아리의 회장을 맡아 매일 같이 부원들과 다양한 작품을 감상하며 열띤 토론을 벌이곤 했다. 선배에게 흥미로운 작품을 소개받거나 내 생각과는 전혀 다른 해석을 듣는 경험은 소위 문학청년이었던 나에게 엄청난 자극이 되었다.

동아리 활동을 하며 〈허쉬! Hush!〉〈헤드윅 Hedwig and the Angry Inch〉〈내 어머니의 모든 것 All about My Mother〉

〈더 월 2 If These Walls Could Talk 2〉등 섹슈얼 마이너리티를 다룬 훌륭한 작품을 접했다. 그렇게 영화를 통해 시야를 넓혀 가는 동안 성소수자 지인도 하나둘 늘었다.

예술은 사람의 마음을 움직이는 힘이 있다. 영화가 사람들에게 웃음이나 감동만 주는 것은 아니다. 어떤 작품은 우리가 사회를 바라보는 시각을 혁명적으로 바꾸어 놓기도 한다. 그런 작품을 만나지 못했더라면 나는 고정된 편견을 가진 채 살아왔을지도 모른다. 다양한 영화를 접한 경험 때문인지 나는 섹슈얼 마이너리티 당사자를 포함해 모두가 웃을 수 있는 사회가 되기를 간절히 바라는 감성을 지니게 되었다.

그리고 또 한 가지. 내가 대학생이던 시절은 '블로그 원년元年'이라 불리며 인터넷상에서 누구나 정보를 쉽게 전할 수 있었다. 나는 흥미로운 사이트를 발견하면 즐겨찾기에 추가하고 이런저런 블로그를 순회했다. 그러다가 다양한 형태의 성 정체성을 가지고 살아가는 섹슈얼 마이너리티 당사자들이 운영하는 블로그를 통해 퍼레이드에 관해 알게 되었고, 직접 가 보기로 했다.

인터넷이 등장하기 전에는 신주쿠 니초메(신주쿠 지역의 게이 타운으로 알려진 거리_옮긴이)를 비롯한 몇 군데 특정 장소를 제외하고는 당사자끼리 만나거나 교류할 기회가 거의 없었다. 그런데 인터넷의 등장이 상황을 극적으로 바꾸었다. 나는 이렇듯 우연한 인연으로 다양한 성소수자의 일상 그리고 퍼레이드의 존재를 알게 되었다.

*

퍼레이드를 보고 있노라면 눈물이 난다. 아무래도 나는 '다양성 덕후'가 아닐까 싶다. 서로 다른 사람들이 모여 저마다 자유롭게 행진하는 모습을 보기만 해도 눈물샘이 자극된다.

나는 〈요괴대전쟁妖怪大戰爭〉〈요괴워치妖怪ウォッチ〉〈요괴소년 호야うしおととら〉처럼 요괴가 나오는 작품 속에서 요괴들이 인간을 돕고자 발 벗고 나서는 드라마틱

한 연출을 좋아한다. '다들 나를 위해 와 주었구나!?' 하는 전형적인 이야기 전개도 요괴가 등장하는 작품에서라면 왠지 더 신나고 뭉클하다. 생김새도 능력도 제각각인 요괴들이 한때는 적이었던 인간들과 힘을 합쳐 싸우는 장면에서는 그야말로 눈물 펑펑.

일본의 요괴 문화는 서로 다른 존재가 공생하는 지혜를 보여 준다. 다양한 문화와 타협하는 자세야말로 선인들에게 이어받아야 할 지혜가 아닐까 싶다. 나는 다양성을 추구하는 사고방식이 참을 수 없이 좋다.

왜 이런 사람이 되었을까? 아마도 어렸을 적 오랫동안 괴롭힘을 당했기 때문일지도 모른다. 초등학생 시절 별명은 '빈보가미貧乏神'(집에 눌러앉아서 그 집을 가난하게 만드는 요괴의 일종_옮긴이)였고 중학생 때 별명은 '변기'였다. 나는 그런 놀림에 상처를 받았다. 그리고 요즘도 '죽고 싶다.' '나 따위가 무슨….' 하는 혼잣말을 버릇처럼 되뇌곤 한다.

이 모든 것이 왕따의 후유증이라고 단정할 수는 없지만 타인의 삶을 쉽게 부정하는 언어에는 곧바로 방어 태세를 취하게 된다. 누군가를 어떻다 저떻다 함부로 평가하는 뒷담화를 도무지 참기 힘들다. 그런 말에 오래도록 상처받아 왔기 때문이다. 30대 중반이 되었어도 마음은 여전히 두부처럼 여리다.

퍼레이드는 다양한 삶의 방식을 긍정한다. 모든 것을 수용하고 감싸는 분위기가 느껴진다. 나는 한 인간으로서 그런 분위기에 이끌려 매년 퍼레이드를 보러 간다.

앨라이ally라는 말이 있다. '동맹'을 뜻하는 영어로 어떤 문제의 당사자는 아니지만 당사자를 지지하고 옹호하는 사람을 뜻한다. 성 문제와 관련지어 말하자면 성소수자를 이해하는 사람을 앨라이라고 한다.

나는 앨라이인가? 글쎄다. 퍼레이드에 참가한 사람들을 단순히 응원하는 것과는 결이 다르다. 그보다는 퍼레이드 속 분위기가 전 세계로 퍼져 나갔으면 하는 바람과 세상이 퍼레이드만 같아진다면 좋겠다는 소망을 품고 발걸음한다는 생각이 든다.

'다양성 덕후'는 '차별을 반대하는 마음'에서 시작된다. 무엇보다 다양성을 소망하고 기원한다. 나는 세상에 존재하는 온갖 차별에 신물이 난 당사자로서 퍼레이드가 세상에 가져오는 변화를 확인하기 위해 그곳에 간다. 미래는 지금보다 더 나은 세상이 되기를 기대하면서.

＊

'미래'라고 하니까 떠오르는 연구 내용이 있다. 국립사회보장·인구문제연구소가 2015년에 실시한 조사에서 51퍼센트의 사람이 동성혼에 찬성한다는 결과가 나왔다. 70대는 24.2퍼센트만 동성혼에 찬성했는데, 연령대가 낮아질수록 찬성 비율이 높아지고 20대의 동성혼 찬성 비율은 무려 71.6퍼센트에 달했다. 이렇게 세대 차이가 뚜렷하게 나타난다는 사실이 무척 놀랍다.

마찬가지로 2015년에 〈아사히신문朝日新聞〉이 실시

한 선택적 부부별성夫婦別姓 제도 도입에 관한 여론조사에서도 비슷한 경향이 나타났다. 선택적 부부별성 제도에 대한 찬반 비율을 연령대별로 살펴보면 70세 이상은 34퍼센트, 60대는 47퍼센트, 20~50대는 60퍼센트 전후가 선택적 부부별성 제도에 찬성한다고 답했다. 다시 말하면 젊은층일수록 다양성에 익숙해지고 있다는 의미가 아닐까?

그런데 차별 문제의 본질이 무엇인지 고민하게 되는 순간이 있다. 다름 아닌 '자신의 가족이 문제의 당사자'라는 전제가 있는 경우다. 내 아이가 어느 날 동성애자임을 고백한다면 나는 대체 뭐라고 답할 수 있을까? 남의 일일 때는 받아들이기 쉬워도 막상 내 일이 되고 보면 당혹스러울 수 있다. 예를 들어 결혼은 그런 문제를 현실적으로 생각하게 되는 상황 중 하나다. 받아들이면 자신도 당사자가 되지만 거부하면 차별하는 입장에 놓인다.

그러고 보니 가까운 지인 중에도 결혼 과정에서 차별을 겪은 사람이 세 사람이나 있다. 한 사람은 결혼을 앞두고 흥신소를 통한 출신 조사에 동의하라는 요구를 받았고, 또 다른 이는 약혼할 때 가계도를 제출하라는 말을 들었다. 세 번째 지인은 출신지를 이유로 상대 가족이 결혼을 반대했다. 모두 최근의 일이다.

나는 그동안 취재를 통해 결혼 과정에서 생기는 다양한 차별 사례를 접해 왔다. 피폭자 차별, 한센병 환자 및 가족 차별, 미나마타병(1956년 일본의 구마모토현 미나마타시에서 메틸수은이 포함된 조개 및 어류를 먹은 주민들에게서 집단적으로 발생한 병으로 다양한 신경학적 증상과 징후가 나타난다_옮긴이) 환자 차별, 피차별부락被差別部落(에도 시대 최하층 신분에 대한 차별과 박해로 형성된 피차별민 거주 지역_옮긴이) 출신자 차별. 이런 차별은 대체로 옛날이야기쯤으로 치부되고 있다. 하지만 내 주변 사람들의 경험만 보더라도 결혼 차별이 과거의 일이 아니라 현재 진행형이라는 사실을 알 수 있다. 머잖은

누구나 웃을 수 있는 사회

장래에 결혼을 둘러싼 차별이 사라지면 좋겠다. 그렇게 되기를 진심으로 바란다. 게다가 동성애자들은 현재의 결혼 제도 자체에서 배제되고 있다. 지금 동성혼에 찬성하는 젊은이들이 훗날 자신의 아이가 커밍아웃하는 날이 왔을 때도 그 사실을 자연스럽게 받아들일 수 있는 부모가 되기를 소망한다.

＊

퍼레이드가 끝나고 약 3주 뒤인 5월 27일. 나는 히로시마 평화기념공원에 있었다. 히로시마를 방문한 버락 오바마Barack Obama 대통령을 취재하기 위해서였다. 현직 대통령이 피폭지 히로시마를 방문해 헌화하는 역사적인 장면을 놓칠 수 없었다. 미국에서도 원폭 투하를 정당화하는 사람의 비율은 연령대가 낮아질수록 감소한다. 원폭을 직접 경험한 세대가 아니라는 점, 원폭 투하에 대해 옳고 그름을 양론적으로 다루는 교과서를 통해 역사를 배웠다는 점이 영향을 끼쳤으리라. 동시에 인권에 관한 의식도 달라지고 있는 모양이다. 대량 학살을 문제시하고 아시아인 차별 문제를 되묻는 의식이 점차 뿌리내리는 듯하다.

오바마 대통령이 취임한 뒤 미국 최고재판소는 동성혼을 헌법상 권리로 인정했다. 바로 그날 백악관은 무지갯빛 조명으로 장식되었고 오바마 대통령은 최고재판소의 판결을 두고 '미국의 승리'라고 했다.

오바마는 미국 역사를 통틀어 가장 자유주의적인 대통령이 아닐까? 물론 좋은 점만 있지는 않지만 다양한 분야에서 결정적인 첫걸음을 내디뎌 온 것만큼은 확실하다. 그 뒤를 이을 대통령은 과연 어떤 인물일지 문득 궁금해진다. 물론 차별주의자는 사양이다.

나는 미래가 지금보다 더 나아져야 한다고 굳게 믿고 있다. 따라서 지금의 세상도 더 살기 좋은 곳으로 바뀔 바라고, 또 바꾸고 싶다. 저 퍼레이드처럼 누구나 웃는 얼굴로 가슴 쫙 펴고 걸어 나갈 수 있도록.

누구나 웃을 수 있는 사회

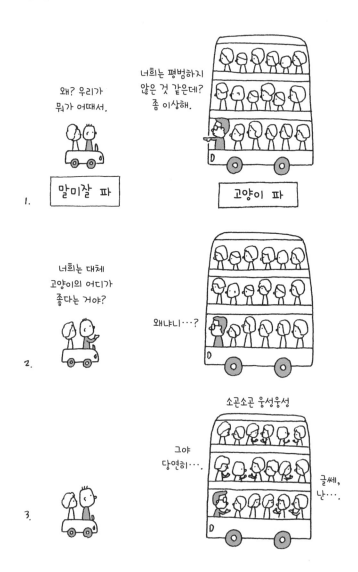

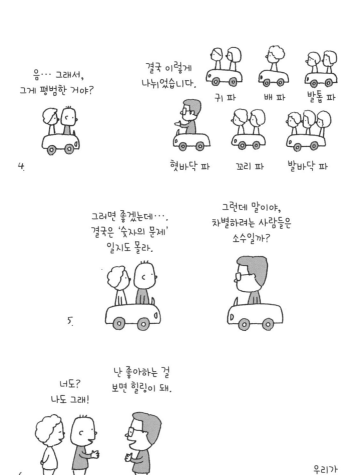

03 　　　　　　　인생병, 재활 중입니다

몇 년 전부터 우울증 치료를 받고 있다. 우울증. 여간 괴로운 병이 아니다. '마음의 감기'라고 불릴 정도로 누구나 흔하게 걸리는 병이지만 치료는 감기처럼 간단하지 않다. 뇌에 세밀한 상처가 나기 때문이다.

내 경우에는 마음에 안개가 자욱한 상태라 기분이 좀처럼 맑아지지 않는다. 모든 게 귀찮기만 하고 아무리 배가 고파도 장을 보러 가거나 식사하러 나갈 기력이 도무지 솟지 않는다.

특히 아침이 괴로운데, 일어나거나 몸을 움직이는 일 자체가 힘들다. 불안해지면 손발이 차가워지고 몸이 가늘게 떨리는 데다 가슴까지 두근거린다. 비 오는 날에는 평소보다 기분이 더 가라앉기는 하지만 밤이 되면 증상은 덜해진다. 아무래도 날씨와 밀접한 관련이 있나 보다.

잠을 자도 체력이 충전되지 않아 약간의 에너지를 하루 일정에 맞추어 조금씩 나누어 쓰는 느낌이랄까. 사소한 일에도 머리로 피가 쏠리고 호흡이 가빠진다. 어떤 특정 부분의 센서가 과민해진 대신 다른 부분의 센서는 둔감해졌다. 그러다 보니 별것 아닌 일로 패닉 상태에 빠지거나 좋은 일에도 즐거움을 느끼지 못할 때가 있다.

사실 우울증 낌새는 오래전부터 있었다. 생각해 보면 나는 학창 시절부터 죽고 싶다는 말을 입에 달고 살았다. 자존감이 낮고 스트레스를 가슴속에 쌓아만 두는 성격이다. 우울증에 걸리기 쉬운 사람의 특징을 나열한 자가 진단 내용은 대부분 내 이야기다. '진지하다.' '결벽증이다.' '타인의 시선을 신경 쓴다.' 같은 구체적인 항목들을 보고 있으면 내가 우울증에 걸리지 않는 것이 오히려 이상할 정도다.

우울증을 자각하기 시작했을 무렵에는 식사를 제대로 하지 않은 탓에 62킬로그램이었던 체중이 불과 2주 만에 7킬로그램이나 빠져 55킬로그램이 되었다. 게다가 밤에는 수면제를 먹어야만 잠이 들었다. 이쯤 되니 문제가 심각하다는 생각이 들어 병원을 찾았고 그날 이후 몇 년 동안 항우울제를 복용하고 있다.

　　바로 얼마 전까지도 내가 우울증을 앓고 있다는 사실을 주변에 숨겨 왔다. 일감이 끊기거나 잡지 연재며 라디오 프로그램에서도 하차하게 될까 불안했기 때문이다. 상태가 나아졌을 때 '사실은 말이야…' 하면서 털어놓아야지 싶었다. 우울증이라는 질병을 가볍게 여긴 것이다. 다행히 일에 대한 스트레스는 거의 느끼지 못해서 스스로 업무에 영향을 줄 정도는 아니라고 믿었다. 하지만 언제까지나 그렇게 있을 수는 없었다. 증상이 몇 단계 더 심해지면서 자해 행동이 빈번해지고 자살 생각이 뇌리에서 떠나지 않았기 때문이다. 피로감이 몰려오지만 자는 동안에도 마치 현실처럼 생생한 악몽을 꾸며 가위에 눌리는 통에 휴식을 취하기도 어려웠다. 조금 더 강한 약을 처방받아 버티는 날이 이어졌다.

그래서 일감을 의뢰받으면 건강상의 이유 또는 지병 때문에 장시간 일하기 어렵다는 말로 거절하고 담당 편집자나 스태프에게는 우울증을 앓고 있다고 밝히기 시작했다. 그런데 우려했던 것과는 달리 주변 사람들은 나를 진심으로 도우려 했다. 세상은 내가 생각했던 것보다 따뜻하다는 사실을 서른네 살이 되어서야 처음 느꼈다. 그런데도 '죽고 싶다'는 생각은 파도가 되어 끊임없이 다시 나에게로 돌아온다.

내가 죽고 싶다는 말을 내뱉을 때 엄밀히 말해서 그건 '죽음 그 자체'를 의미하지는 않는다. 뭐가 어찌 됐건 지금 상황에서 도망치고 싶다거나 벗어나야 한다는 강박관념이 바탕에 깔려 있는데, 그런 충동을 강하게 느끼면 죽어야만 끝이 난다는 생각이 온통 머릿속을 감돌아 공황 상태에 빠진다.

　　그럴 때 하필 전철역 승강장에 서 있기라도 하면 상황이 좋지 않다. 멀리서 열차가 들어오는 모습이 보이면 나도 모르게 '아, 뛰어내려야지.' 하고 생각한다. 뛰어내릴까 말까 고민하고 있을 여유는 없다. 오직 강한 충동만이 내 등을 세게 밀치는 듯한 느낌에 휩싸인다. 남은 문제는 그저 철로에 뛰어내리기에 알맞은 타이밍이다.

　　다행히 나는 아직 '죽지 않은 상태'를 지속하고 있는데, 이는 순전히 내 의지 때문이 아니라 절반은 우연 덕분이라고 할 수 있다. 그렇다고는 해도 만일을 생각해서 일단 유서만은 남겨 두었다. 손글씨 대신 스마트폰 메모장에 유언을 써 내려가는 모습이 내가 보기에도 좀 그럴듯하다는 생각을 하면서.

*

　　누가 처음 말했는지는 몰라도 우울증은 '인생병'이라고도 불린다고 한다. 우울증의 원인이 된 생활 방식이나 사고방식 자체를 바꾸지 않으면 근본적인 해결책을 찾을 수 없기 때문이다.

이를테면 일중독인 사람이 우울증을 앓게 되었다면 일하는 방식을 다시 살펴봐야 한다. 인간관계를 둘러싼 문제가 원인일 때는 그 관계성을 다시 돌아보고 문제가 되는 관계에서 벗어나야 한다. 물론 약을 통해 불안감을 가라앉히거나 수면 장애를 개선할 수도 있다. 하지만 그런 방법은 어디까지나 대증요법에 지나지 않는다.

나는 내 정신력이 약하다는 사실을 잘 알기 때문에 사람들 앞에 나서는 직업을 갖고 있지만 되도록 눈에 띄거나 유명해지지 말자는 생각으로 일해 왔다. 텔레비전 노출을 최대한 피하느라 출연 섭외가 들어와도 열 번 중 아홉 번은 고사한다.

평론가는 공개적으로 '논論'하는 직업이다. 당연히 나와 의견이 다른 사람과 '논쟁'을 벌이기도 한다. 그런데 나에게는 논쟁이 여간 어려운 일이 아니다. 논쟁에서 이기지 못한다는 의미가 아니다. 승패 또는 유리하고 불리한 상황과는 전혀 별개로 논쟁이 시작되면 일단 머릿속이 온통 불안감으로 뒤덮이며 손발이 차가워지고 실제로 감기에 걸리기까지 한다. 대중 앞에서 타인에게 강한 어조로 비판받는 경험을 해야 하기에 상당한 스트레스가 쌓이는 것은 두말할 필요도 없다.

누군가를 구타하는 행위는 폭력이기에 용서받을 수 없지만 격투기 규칙 안에서라면 때리는 일이 허용된다. 마찬가지로 타인을 욕하거나 말로 공격하면 언어폭력이지만 논쟁에서는 설법說法으로 인정한다(정도가 심하면 물론 위법이다). 나는 바로 그런 세계에서 경기를 펼치는 한 명의 선수다.

다만 언론의 세계는 격투기의 세계에 비하면 규칙이 영 물렁하다. 그러다 보니 종종 불필요한 상처를 입기도 한다. 이 세계에는 '강한 척'을 하는 사람이 많은데 나는 겁이 많아서 상대와 격하게 치고받는 방식을 요구받으면 무척이나 괴롭다. 간혹 논쟁 상대나 비판 대상을 '인간'으로 취급하지 않는 듯한 느낌을 받을 때도 있다. 자신과 의견이 다른 상대를 악마로 여기는 사람은 어디에나 존재하기 마련이다.

한편으로는 내 일이 누군가에게 도움이 될지도 모른다고 생각하며 보람을 느끼기도 한다. 그래서일까? 정말이지 바보처럼 일만 해 왔다. 취재하고 자료를 찾아 읽고 글을 쓰고 NPO Non Profit Organization(국가와 시장을 제외한 제3영역의 비영리단체를 가리킨다_옮긴이)를 운영하고 또 매체에 출연했다. 블랙 기업에서 근무하는 것과 다를 바 없는 일정을 소화하느라 사회는 돌보면서 정작 나 자신은 돌보지 않았다. 그러는 동안 나는 중요한 사실을 놓치고 있었다. 일 말고는 인생을 즐기기 위한 그 어떤 노력도 한 적이 없다는 사실을.

직장에서 퇴직한 샐러리맨이 마음 둘 장소도 취미도 없이 회사 생활 외에는 아무것도 남지 않아 망연자실하게 되었다는 이야기가 있다. 내가 느끼는 감정도 아마 그와 비슷하지 않을까?

나는 거의 매일 밤늦게까지 생방송 라디오 프로그램을 진행하고 있다. 햇빛을 보기 어려운 생활 리듬도 건강에는 그리 좋지 않은 데다 무엇보다 라디오를 시작한 이후로 저녁 시간 술자리는 꿈도 못 꾸고 있다. 일 자체에서는 더할 나위 없는 보람과 기쁨을 느끼지만 그럴수록 스트레스를 해소할 배출구는 점점 사라진다. 아, 이렇게나 불균형하다니!

몸을 움직이거나 맛있는 음식을 먹으면 건강에 좋다는 사실을 머리로는 이해하지만 모든 일이 너무도 귀찮게 느껴지는 탓에 행동으로 옮기지 못하는 것이 문제다. 우울증이란 병은 건강해지고자 하는 의욕 자체를 상실하게 만드는 고약한 병이다.

사실 나는 예전부터 밥을 먹는 일이 귀찮기만 했다. 만화《드래곤볼ドラゴンボール》에는 한 알만 먹으면 체력

이 회복되고 며칠 동안 배를 곯지 않는 '신선콩仙효'이 나온다. 그래서 어릴 적부터 '아, 신선콩만 있으면 번거롭게 밥을 먹지 않아도 되는데…' 하는 생각을 자주 했다. 그런 데다 우울증으로 인해 식사가 한층 더 성가신 일이 되어 버렸다. 쉬는 날은 물이나 주스로 배를 채우고 온종일 침대에 누워 있기만 할 때도 있다. 차라리 신선처럼 이슬만 먹고 살아갈 수 있으면 좋으련만.

*

내가 좋아하는 시인 호무라 히로시穗村弘 씨가 《세계음치世界音痴》라는 책을 냈다. 세계음치. 이 얼마나 멋진 단어란 말인가. 인생병이라는 표현만큼이나 마음에 쏙 들었다.

호무라 씨의 표현을 빌리면 내가 앓고 있는 인생병은 '인생음치'라거나 '친구음치'라는 말로 바꿀 수 있지 않을까 싶다. 나는 지금까지 동시에 두 명 이상과 가까운 관계를 유지해 본 기억이 없다. 친구나 연인 등 관계의 형태는 달라도 그때마다 오로지 한 사람에게만 의지했다. 상대에게 지나치게 충성하는 바람에 마치 세뇌라도 당한 듯 복종 관계로 변하거나 상대와 전혀 거리감을 두지 않고 마구 상처를 줘서 관계를 엉망으로 만들었다.

그러다 보면 관계가 꼬일 대로 꼬여 결국에는 깨져 버린다. 그런 까닭에 한 사람과 몇 년 이상 인연을 이어가 본 적이 없다. 물론 커뮤니케이션은 상호 간에 성립하므로 자책하거나 '친구음치'라는 말로 자신을 규정하는 것도 썩 바람직하지는 않다. 이래저래 요즘은 사람들에게 배우면서 한 걸음씩 '사회 재활 훈련'을 시작했다.

의존증을 극복하려면 무언가에 의존하려는 마음을 억누르기보다 의존 대상을 늘려서 마음을 분산해야 한다는 말을 어디에선가 들었다. 자립도 마찬가지로 사람에게만 기대는 대신 의지할 대상을 적절히 나누면 좋다고 한다. 그런 사실도 머리로는 진작부터 알고 있었지만 웬걸, 실행에 옮기기란 너무 어렵다. 돌이켜보니 그동안 망

가진 인간관계가 차곡차곡 쌓여 산더미를 이룬다.

나는 병을 앓거나 곤란한 상황에 빠져 도움이 필요한 사람을 취재한 경험이 많다. 그런데 내가 직접 겪고 보니 상상하지 못한 중압감에 흠칫 놀랐다. 아니, 지금까지 내가 취재했던 사람들 모두 이렇게 괴로웠던 걸까? 나는 그들의 고통을 얼마나 잘 이해하고 전달해 왔을까? 깨달음을 얻으면서 덤으로 우울증이 심해지는 악순환에 빠졌다.

내가 존경하는 지인 중에 스즈키 다이스케鈴木大介라는 인물이 있다. 빈곤 문제와 지하세계를 전문으로 다루는 르포 작가인 그와는 취재 대상이 겹치는 터라 자주 의견을 주고받았다.

어느 날, 그가 쓴《숨 좀 쉬며 살아볼까 합니다脳が壊れた》를 읽고 놀라움을 금치 못했다. 뇌경색으로 쓰러진 뒤 장애를 겪는 자신의 투병기를 그린 내용으로, 그는 책에서 당사자의 고통을 가볍게 생각했다는 취지의 말을

한다. 그 대목에서 깜짝 놀랐다. '병명은 달라도 지금 내가 그래요.' 하고 말이다.

어쨌거나 살면서 인생병을 앓지 않는 사람이 대체 있기는 할까? 내가 자주 가는 편의점 직원, 가끔 길에서 마주치는 노인, 텔레비전에 나오는 연예인까지 사람은 누구라 할 것 없이 저마다의 인생병을 안고 살아간다. '다른 사람들도 나처럼 약한 존재가 아닐까?' 하는 생각은 우울증 덕분에 얻은 수확이다.

인생병, 재활 중입니다

그동안 저는 우울증 관련
신약 개발에
힘써 왔습니다.

바로 환자의 고통을
눈으로 볼 수 있게
하는 약이죠.

1.

이 약을 먹으면
고로운 정도에 따라
머리 모양이 바뀝니다.

보통

2.   매우 힘듦   힘듦

고통의 종류나 정도가
머리 모양으로
나타나서

본인은 물론
주변 사람들까지
한눈에 알아챌 수
있습니다.

3.

앗!

증상이 심각해지기
전에 적절하게
대응할 수 있지요.

4.

부장님,
여길 보세요.

어이구.

5.

제가 지금
이런 상태라서,
좀 쉬겠습니다···.

그래그래,
어서 쉬어.

6.

이 약에는 모양이
변한 머리를 빗겨 주면
증상이 일시적으로
가라앉는 획기적인
효과도 있답니다.

7.

04 요르단에 가다

매일 라디오 방송을 진행하고 있어 평소에는 장거리 여행이 어렵지만 1년에 일주일 정도는 휴가를 받는다. 2016년에는 중동 국가 요르단에 다녀왔다.

　　자주 가는 와인바에서 포토저널리스트 친구와 와인 한잔 마시며 휴가 계획을 이야기했더니, 그도 비슷한 시기에 중동에 볼일이 있다며 요르단에 함께 가자고 했다. 마침 요르단은 예전부터 가고 싶었던 장소 중 한 곳이었다. 내 라디오에서 가끔 다루는 중동 관련 이슈의 대부분이 테러나 정치 상황을 둘러싼 내용이라 언젠가는 그런 나라의 일상과 평화로운 풍광을 보고 싶다는 생각을 하고 있었다.

친구는 항상 취재 명목으로 중동에 가기 때문에 나와 함께라면 '관광객의 시선'으로 평소와는 다른 풍경을 볼 수 있어 즐겁지 않겠냐며 한껏 기대에 부풀었다. 그리고 시리아에서 탈출해 온 난민들의 생활 모습을 꼭 보았으면 한다며 구체적인 취재 장소까지 알려 주었다.

휴가라고 하면서 여행 일정을 취재로 채우다니 영락없는 직업병이다. 그래도 일본에서는 만날 수 없는 사람들을 만나고 쉽게 얻지 못하는 현지 정보를 접할 기회가 생겼으니 그것만으로도 분에 넘치는 경험을 하게 된 셈이다.

라디오 프로듀서에게 요르단에 다녀온다고 하자 그는 내 손에 IC 녹음기를 쥐여 주며 말했다. "그럼 이걸 가져가요." 방송을 향한 불타는 열정과 방송 진행자의 휴가마저 철저하게 활용하겠다는 프로다운 자세에 감동해서 나도 모르게 녹음기를 받아 꼭 쥐었다. 과연 이걸 휴가라고 할 수 있는지 의문을 품기는 했지만.

＊

    시리아의 남쪽, 팔레스타인의 동쪽에 위치한 요르단은, 내전으로 고국에서 탈출한 시리아 난민을 가장 많이 받아들인 국가 중 하나다. 면적은 일본의 4분의 1 정도에 인구는 약 1,020만 명에 지나지 않지만, 최근 몇 년 동안에만 시리아에서 60만 명 이상의 난민이 이곳으로 탈출해 왔다.

    뉴스를 통해 테러에 관한 정보만 접하는 일본인들에게 중동은 위험한 곳으로 인식될지도 모르지만 요르단은 중동에서도 비교적 안전한 나라라고 할 수 있다. 기원전부터 존재하는 페트라(나바테아인이 요르단 남부에 건설한 산악 도시로 사막 한가운데에 있는 붉은 사암 덩어리로 이루어진 거대한 바위 틈새에 남아 있다_옮긴이) 유적이나 염분 함유량이 많아 자연스럽게 몸이 바닷물에 뜨는 사해死海 등 유명 관광지도 있다. 〈아라비아의 로런스Lawrence of Arabia〉〈인디아나 존스 - 최후의 성전Indiana Jones and the Last Crusade〉〈마션The

Martian〉 등 많은 영화가 촬영된 곳으로 알려져 영화광들이 순례를 오기도 한다. 나도 그 영화들을 재미있게 본 터라 실제 촬영지에 찾아간다고 생각하니 그렇게 기쁠 수가 없었다.

그런데 난 아랍어를 전혀 모른다. 물론 어느 정도 영어가 되면야 아무리 요르단이라도 관광지나 식당에서 의사소통하는 데는 문제없겠지만, 적어도 그 나라의 인삿말 정도는 배워 두어야 한다고 생각한다.

일본에 온 외국인이 '곤니치와' '아리가토 고자이마스' 하고 짧게라도 일본어로 인사를 해 주면 왠지 친근하게 느껴지는 것과 마찬가지로, 서툰 발음일지라도 상대방의 언어로 인사를 하거나 말을 걸면 마음이 더 잘 전해지는 기분이다. 여행자가 갖춰야 할 예의 같기도 하고, 떠듬거리며 인삿말을 건네면 현지인은 '재미있는 외국인'이라고 생각하는지 왠지 더 친절하게 대해 주는 느낌이 든다.

그런 연유에서 일단 '앗살람 알라이쿰(안녕하세요)'
과 '슈크람(고맙습니다)' 같은 기초 아랍어만 머리에 넣고
출발했다. '슈우 이쓰막(당신의 이름은 무엇입니까?)' ('슈우
이쓰막(남)/슈우 이쓰믹(여)'은 아랍어 방언을 총칭하는 암미야Ammiyya이
다. 표준어로는 '마 이쓰무카(남)/마 이쓰무키(여)'라고 말한다_옮긴이)이라
던가 '이쓰미 ○○(내 이름은 ○○입니다)'과 같은 말은 현
지에서 배웠다. 특히 '함맘(화장실)'은 단번에 외웠다.

원래도 빈뇨증이 있는 데다 여행 전부터 설사와 복
통까지 겹쳐 화장실 확보가 무엇보다 중요했다. '화장실
은 어디인가요?' '화장실을 사용하고 싶어요.' 같은 문장
을 말할 줄 몰라도 "함맘! 함맘!" 하며 손으로 배를 움켜
잡고 눈빛으로 애원하면 즉각 통한다. 절절한 몸부림은
만국 공통어다.

*

요르단에 있는 동안 알코올 사용이 금지된 할랄 식
품이나 일본보다 일교차가 큰 기후, 새벽녘 모스크에서

들려오는 기도 소리에는 크게 당황하지 않고 적응했다. 다만 자동차가 많이 보급된 곳이라 안전띠도 매지 않고 경적을 울리며 엄청난 속도로 내달리는 택시를 경험한 후 안전에 위험을 느껴 일찌감치 영어도 능통하고 친절한 운전기사를 찾아 나섰다. 장거리 이동에는 언제나 그를 고용해서 별 탈 없이 여행을 마칠 수 있었다.

가장 난감한 것은 역시나 함맘, 즉 화장실 문화였다. 여행 가이드북에도 함맘 사용법에 관해서는 일언반구 언급이 없어 처음에는 당혹스럽기 그지없었다.

요르단을 비롯한 많은 중동 국가에서는 볼일을 마친 다음 '닦는' 대신 '씻는' 관습이 있다. 다만 비데 변기는 아니다. 쪼그려 앉는 변기 옆에 간단하게 물통과 물뿌리개가 놓여 있는 식이다. 그리고 변기 옆에 샤워기가 달린 모습을 가장 흔하게 볼 수 있다. 고급 호텔 같은 시설에는 양변기 옆에 세정용 소형 변기가 설치되어 있다. 또 화장실에는 보통 휴지통이 놓여 있다.

볼일을 마친 뒤에는 물로 엉덩이를 씻는다. 샤워기가 있으면 괜찮지만 물통과 물뿌리개라면 필연적으로 손을 사용해 직접 엉덩이를 씻어야 한다. 이때 꼭 왼손을 사용해야만 한다는 점에도 약간 당황했는데, 그 이전에 물뿌리개로 엉덩이에 물을 능숙하게 뿌리는 일 자체가 생각보다 쉽지 않았다. 졸졸 흐르는 물을 왼손으로 정확하게 받는 동시에 쓱쓱 씻어 내야 하기 때문이다. 물을 잘못 뿌리기라도 하면 속옷이나 바지까지 젖는다. 애초에 물을 앞쪽에서 뿌리는 게 좋을지 뒤쪽에서 뿌리는 게 좋을지도 고민스러워서 처음에는 엉거주춤 선 채로 몸을 뒤틀면서 물을 조금씩 흘려보내느라 몸의 엉뚱한 부분에 쥐가 날 뻔하기도 했다.

화장실에 있는 휴지는 물에 녹는 성분이 아니어서 엉덩이를 씻고 난 뒤 남아 있는 수분을 닦아 내는 용도로 사용한다. 다 쓴 휴지는 변기에 흘려보내지 않고 휴지통에 버리기 때문에 휴지통이 놓여 있다.

요르단에 가다

그런데 휴지와 휴지통이 없는 화장실도 꽤 있다. 처음 그런 화장실에 들어갔을 때는 그저 어리둥절했다. 이건 엉덩이를 씻은 뒤에 물기를 닦지 말고 그냥 나가라는 말이 아닌가. 어쩔 줄 몰라 당황하다가 에라, 모르겠다 싶은 마음으로 바지를 입고 화장실을 나서는데 '이게 과연 맞을까?' 하고 살짝 불안해졌다. 나중에 알아보니 맞는 방법이라고 한다. 공기가 건조한 지역이라 그대로 두면 물기가 금방 마른다는 것이다.

마지막으로 화장실 밖에 설치된 세면대의 비누로 손을 깨끗하게 씻는다. 지금은 일본에 온수 비데가 보급되었지만 예전에는 닦기만 하는 문화였다. 그런 모습이 중동 사람들 눈에는 조금 불결하게 비친다고 한다. 나는 치질에 걸리기 쉬운 연약한 엉덩이를 가진 터라 엉덩이를 반드시 씻어야 하는 관습 자체에는 감사했고 화장실 사용도 쉽게 적응했다.

*

요르단에 있는 동안 절반은 취재 그리고 나머지 절반은 관광으로 보냈다. 취재는 시리아 난민 캠프를 둘러보거나 캠프에서 벗어나 암만 시내에서 생활하는 시리아인 가정을 몇 군데 방문해서 인터뷰를 녹취하는 것이었다. 내가 요르단에 갔을 때는 마침 '이드 알 아드하Eid al-Adha'(대제大祭 또는 희생제犧牲祭로 불리는 이슬람 최대 명절 중 하나로 이슬람력으로 12월 10일에 열린다_옮긴이)라고 불리는 명절 기간이라 많은 사람이 연휴를 즐기고 있었다. 손님이 많이 오가는 때이기도 해서 방문하는 곳마다 나를 귀한 손님으로 따뜻하게 맞아주었다.

그곳의 상황은 듣는 것만으로도 괴로웠다. 시리아 난민들은 모든 것을 잃고 국외로 탈출해 피난 생활을 하고 있다. 저격수가 쏜 총에 맞거나 화형을 당하는 등 처참하게 남편을 잃은 싱글맘들은 한밤중에 아이들을 껴안고 날아다니는 총알을 피해 필사적으로 국경을 넘었다. 폭격으로 몸에 상처를 입은 채 피난한 남성은 제대로

된 치료를 받지 못하고 있다.

한 가족이 무사히 탈출했더라도 친척이나 친구들은 시리아에 남아 있으므로 아직 그곳에 남은 이들의 생활을 걱정할 수밖에 없다. 가끔 안부를 주고받았는데 최근에는 연락이 닿지 않는다는 사람도 많았다. 또 피난한 나라에서는 좀처럼 노동 허가를 받지 못해서 국제연합이 지급하는 턱없이 부족한 식량과 지원금으로 간신히 집세며 식비, 광열비와 교육비 등을 감당하고 있다. 오랫동안 이어지는 시리아 분쟁 그리고 한 치 앞을 내다볼 수 없는 막막한 상황에 많은 사람이 절망하고 있다.

'난민'이라는 한마디 말로 규정하기는 쉽지만 고통받는 사정은 가정마다 제각각이다. 돈벌이하는 가장이 있는지, 부상을 입었는지, 아이가 있는지, 의지할 친척이나 친구가 있는지, 어느 나라 어느 지역으로 피난했는지 등에 따라 저마다 다르게 고통받고 있다. 그러니 모든 가정에 공통으로 필요한 도움과 함께 개개인의 상황에 맞는 지원도 필요하다. 하지만 난민 숫자가 너무 많아 각국 정부나 국제연합에서도 세심하게 지원할 수 없는 게 현실이다.

절박한 상황에 직면한 시리아 난민의 목소리에 가만히 귀 기울이며 이곳의 실상을 일본에 그대로 전하자고 다짐하는 동안 마치 커다란 숙제를 받은 기분에 휩싸였다. 실제로 일본에 돌아온 얼마 후 내가 진행하는 라디오에서 난민에 관한 내용을 특집으로 다루었다. 시리아 난민의 목소리가 생생하게 라디오에서 흘러나오는 일은 흔치 않은 만큼 의미 있는 방송을 한 것 같아 뿌듯했지만, 취재 보고를 마친 뒤에도 이게 끝이 아니라고 느꼈다. 앞으로도 기회가 있을 때마다 그들의 이야기를 널리 알리자고 마음먹었다.

＊

취재차 각 가정을 방문할 때는 물론 관광차 암만 시내를 걷고 있으면 길에서 말을 걸어오는 사람이 참으로 많다. 요르단에서는 일본인을 만나기가 쉽지 않은 모양이다. 원래 요르단 사람들은 붙임성이 좋다고 하는데 마침 이드 기간이라 기분이 한껏 들뜨기도 했을 터.

마을 공원이나 관광지에 들렀을 때도 "야바니!(일본인!), 같이 사진 찍어 주세요." "우리 아들이랑 사진 좀 찍어 줘요." 하며 한 손에 스마트폰을 들고 말을 건다. 한 번 응하면 주변 사람들이 너도나도 모여든다. 흡사 만국박람회 때 외국인만 보면 사인해 달라고 보채던 과거 일본인의 모습이랄까. 다른 점이 있다면 그들은 곧장 사진을 SNS에 올리고 일본인과 찍었다며 친구들과 소통하기 위한 화젯거리로 삼는다는 것이다.

외국에 나가면 그들 눈에 일본인이 어떻게 비치는지 느끼는 기회가 많다. 군 검문소에서도 일본인이라고 말하는 운전기사의 한마디에 어렵지 않게 통과했다. 평화를 사랑하고 재미있는 콘텐츠를 만들어 내는 나라라는 이미지가 있어서인지 대부분 친절하게 대해 준다. 물론 바가지 씌울 요량으로 일본인을 노리는 사람은 어느 나라에나 있지만.

돌아보니 요르단에는 사전에 비자를 신청하지 않고도 입국할 수 있는 점도 좋았다. 일본 여권으로 갈 수 있는 나라는 상당히 많다. 이야기를 전하는 사람으로서 '어디든 쉽게 갈 수 있는 자의 책무'를 다하기 위해서라도 더 많은 기회를 만들어 다양한 세계를 접하고 싶다.

내가 보고 있는 세상은 좁다. 하지만 내가 갈 수 있는 세상은 넓다.

여행하는
중이구나.
부러운걸?

우리 종족은
뿌리가 있어서
움직일 수 없거든.

아하…!

4.

그건 그렇고,
지구는 아직도
전쟁을
한다던데.

섣불리 움직이다
보면 그럴 수도
있지, 뭐.

그렇고말고.

5.

우리 움직이지
못하는 대신
상상력이
발달했는데,

그래도 내가
할 수 없는 것들을
해 보고 싶어.

6.

… 지구라 ….

흠칫.

내가 어렸을 적엔
지구에 생명체라곤
없었는데 말이야.

7.

05   아르바이트 잡감雜感

나는 고등학생 때 처음으로 아르바이트를 했다. 학교에서는 표면상 학생들의 아르바이트를 금지했지만 돈이 없으면 당연히 놀러 갈 수도 없으니 학생들은 대부분 그런 규정을 무시했다.

다른 학생들과 마찬가지로 나도 돈이 무척 궁했다. 물론 사치스러운 물건을 사는 일은 거의 없었고, 그저 친구와 패밀리 레스토랑에 가거나 편의점에서 아이스크림과 고기만두를 사 먹는 일상적인 소비였다. 패스트푸드점에 가면 조금이라도 용돈을 절약하려고 감자튀김만 시킨 뒤 물에 시럽을 타 마시며 배를 채웠다. 그런 나를 보고 놀란 친구가 "네가 단물만 먹고 사는 풍뎅이인 줄

아냐"며 중얼거리듯 내뱉은 말이 20년이 지나도록 잊히지 않는다.

고등학생 시절에는 밴드 활동을 했기 때문에 용돈은 대부분 합주실 대관료나 기자재 비용으로 사라졌다. 좋아하는 뮤지션의 CD는 물론 라이브 영상도 손에 넣고 싶었다. 이래저래 갖고 싶은 것은 많았고, 결국 일을 하자는 결론에 이르렀다.

아르바이트 정보지와 신문 구인 광고를 뒤적거리면서 나처럼 허술한 사람도 할 수 있을 만큼 최대한 쉬워 보이는 일을 찾았다. 그렇게 해서 창고관리와 트럭 조수 일을 얻었다.

창고관리 일은 무척 단순했다. 취급하는 물품은 주로 슈퍼마켓이나 음식점에서 쓰는 소모품으로 '반값' 또는 '10% 할인'이라고 적힌 스티커나 플라스틱 접시, 종이 냅킨과 종이컵, 나무젓가락, 일회용 숟가락과 포크, 이쑤시개 등이었다. 넓은 창고 안을 돌아다니며 각 점포에서 주문한 물건을 모아 상자에 넣고 트럭으로 옮기는 일이었다. 가끔은 트럭 조수석에 앉아 있다가 짐 내리는 일을 돕기도 했다.

직접 해 보고 나서야 느꼈지만 일은 생각보다 힘들었다. 요즘처럼 물류 관리가 시스템화되어 있지 않아서 넓은 창고의 어디에 어떤 물건이 있는지 다 외우고 있어야 했다. 창고 문을 항상 열어 두고 작업하기 때문에 여름에는 찌는 듯이 더웠고 겨울에는 손발이 얼 정도로 추웠다. 게다가 물건이 가득 찬 상자를 트럭으로 옮길 때는 상당한 체력이 필요했다.

'돈 버는 게 쉽지 않다'는 사실을 알고 나니 세상의 모든 노동자를 존경하는 마음이 생겼다. 별것 아닌 상품 하나에도 많은 사람의 노동이 필요하다는 지극히 당연한 깨달음도 얻었다. 종이상자의 밑바닥이 빠지지 않도록 확실하게 테이프로 접착하는 방법도 이때 배웠다.

*

아르바이트 잡감

"처음으로 번 1달러는 쓰지 않고 액자에 넣어 보관해야 한다."

누가 한 말인지는 모르겠지만 고등학생 때 이런 문장을 본 기억이 난다. 천 엔짜리 지폐가 아니라 1달러였던 걸로 보아 분명 외국인이 한 말이었으리라. 왠지 감명을 받아 나도 따라해 볼까 하다가 액자값과 천 엔이 아까워 그만두었다. 대신 내가 번 돈으로 처음 산 물건을 오래도록 기억하고 싶어 어떤 물건을 살까 고민했으나 딱히 좋은 생각이 떠오르지 않아 단순히 필요하다는 이유로 일렉트릭 기타 케이블을 샀다. 싸구려였던 탓에 금방 고장 났지만.

창고관리 아르바이트를 하는 사람은 나를 제외하면 중년 여성들뿐이었다. 당연히 '알바 친구' 같은 건 만들지 못했고, 그 아주머니들과도 거의 말을 하지 않았던 것 같다. 다만 여름방학이나 겨울방학에는 아침부터 오후까지 일했기 때문에 점심시간에는 같은 휴게실을 사용했다. 아주머니들은 항상 연예인 이야기를 하며 즐거워했다. 가십을 좋아하지 않을 뿐더러 사교적이지도 않았던 나는 굳이 따라 웃지도 않고 구석에 혼자 멍하니 앉아만 있었다.

어느 날 아주머니 중 한 분이 내가 일을 열심히 해서 기특하다며 흑당 목캔디를 주었다. 문득 할머니 집에 가면 늘 초콜릿도 사탕도 아닌 오카키(찹쌀을 원료로 한 일본 과자_옮긴이)를 받았던 게 떠올랐다. 어른들의 간식 취향은 언제나 묘하다.

집에 가는 길. 자전거를 타면서 먹으려고 꺼내 보니 여름날 무더운 창고 온도와 체온 때문에 사탕은 다 녹아 있었다. 껍질과 사탕이 끈적하게 달라붙어 앞니로 긁어내듯 깨물어 사탕을 떼어 내야 했다. 모양도 맛도 애매했지만 모처럼 받은 선물이라 끝까지 다 녹여 먹었다. 나중에서야 그 아주머니는 점심 식사 뒤에 항상 흑당 목캔디를 먹는다는 것을 알게 되었다. 건강을 생각해서였는지 아니면 그저 디저트였는지는 잘 모르겠다. 그 후 흑당 목캔디의 독특한 풍미와 쓴맛은 나에게 '노동의 맛'으로 기억되고 있다.

*

창고관리를 그만두고 이번에는 좀 더 나은 일을 찾아야지 싶었는데 마침 역 앞 자전거 주차장의 경비원 자리를 얻었다. 경비원 업무는 정말 놀라우리만치 하는 일이 없었다.

저녁 6시부터 9시까지 주차장 안에 있는 반 평 남짓한 경비 초소에 들어앉아 주변을 감시하면 되는 일이었다. 가끔 순찰을 돌며 무단으로 방치된 자전거가 있는지 확인하면 되는데 그마저도 세 시간에 한 번뿐이었다. 나머지 시간은 의자에 앉아 있기만 하면 끝.

근무 조건은 월요일부터 금요일까지 매일 그곳에 앉아 있는 것. 대학 입시가 끝난 뒤라 시간이 남아돌던 참에 딱 좋은 일자리였다. 이어폰으로 음악을 들으면 혹

시나 수상한 낌새가 있어도 알아채지 못할 듯하여 책을
읽으며 시간을 보냈다.

점심부터 저녁 6시까지는 어떤 할아버지가 경비를
담당했다. 할아버지는 한쪽 귀에만 이어폰을 꽂고 줄곧
라디오를 듣는 것 같았다. 교대할 때 인사를 주고받는 정
도라 이곳에서도 알바 친구와 이야기를 나누는 경험은
하지 못했다.

할아버지는 일을 마치면 꼭 "이여차" 하는 소리를
내며 겉옷을 입고 모자를 썼다. 그리고 지팡이를 내짚으
며 천천히 집으로 갔다.

역사 교과서였는지 어떤 자료였는지는 분명하지 않
지만, 나는 할아버지의 겉옷과 모자를 어디선가 본 기억
이 있다. 옛날 일본군의 제복. 그것도 계급이 높은 군복
정장이었는데 가슴에는 훈장이, 어깨에는 장식이 달려
있었다.

할아버지는 귀가 어두운지 내가 "오늘도 고생 많으

셨습니다." 하고 교대 시간을 알리면 뭐라고 했냐며 되묻는 일이 몇 번인가 있었다. 그런 할아버지께 왜 매일 그런 복장인지 물어볼 기회는 없었다. 그저 교대 인사를 하면 옷을 갈아입고 퇴근하는 할아버지의 모습을 지켜보다가 경비 초소에 들어가서 책장을 넘기기 시작했다. 교대 직후에는 노인의 독특한 냄새가 남아 있어서 춥더라도 환기를 위해 창문을 열었다.

군복을 입은 할아버지는 등을 쭉 펴고 일터를 뒤로한 채 떠났다. 옛날에 입던 옷인지 아니면 코스프레 같은 것인지는 잘 모르겠다. 다만 할아버지는 그 옷을 입으면 뭔가 자랑스러운 기분을 느낀다는 것 정도는 짐작할 수 있었다. 그러나 자부심을 느낄 만한 능력이 딱히 없었던 나는 그저 책만 읽었다.

젊은 여성이 초소에 찾아와서 수상한 사람이 있다기에 확인해 보았으나 아무도 없었다거나 누가 바람 넣는 기계를 빌리려고 해서 내가 직접 바퀴에 슉슉 공기를 넣어 주는, 그런 어쩌다 가끔 생기는 작은 일들을 제외하면 그곳에서의 시간은 대부분 평온하게 흘러갔다.

아르바이트를 하면서 새롭게 습득한 기술이나 능력은 하나도 없었지만 그때 읽은 책들은 어떤 형태로든 지식이 되어 내 안에 남아 있는 것 같다. 그런데 가끔 할아버지께 군복에 관해 여쭈어 보았으면 좋았겠다는 생각이 든다.

*

대학에 진학하고서도 얼마간 주차장 아르바이트를 계속했는데, 그러다 보니 누군가와 놀러 갈 수도 없는 노릇이라 오래지 않아 그만두었다. 어쨌거나 일주일 내내 그곳에 얽매여 있을 수만은 없었다. 그래서 융통성 있게 일정을 조율할 수 있는 행사 도우미 아르바이트를 시작했다. 다양한 행사에 운영 요원으로 파견되어 행사장 설치나 티켓 확인, 소지품 확인, 경비 보는 일 등을 하는 아르바이트였다.

음악 세계를 동경하던 나에게는 공짜로 콘서트장에 갈 수 있다는 점이 무엇보다 좋았다. 아르바이트는 등록제로 운영되었다. 여러 행사 일정 중에서 내가 원하는 날을 고르고 자리가 있으면 배정되는 방식이었다. 이왕이면 평소에 관심 있던 아티스트의 콘서트에만 등록하기로 했다. 그러다 보니 배정되는 일이 많지 않아 제대로 돈을 벌 수 없어 가끔 관람하러 가는 기분으로 일했다.

그러던 어느 날. 당시 인기가 하늘을 찌르던 한 아이돌 그룹의 콘서트에 파견되었다. 그런데 그날은 왠지 평소와 분위기가 달랐다. 경비 담당자가 100명이 넘어 보이는 파견 알바생에게 큰 소리로 말했다.

"오늘 열리는 콘서트에 폭파 예고가 있었습니다!"

가슴이 철렁했다. 옴 진리교 가스 테러 사건 발생 후 얼마 지나지 않았을 때라 콘서트는 당연히 취소되려니 싶었다. 그런데 담당자는 파견 알바생들에게 생각지도 못한 지시를 내렸다.

"자, 지금부터 다 같이 폭탄을 찾습니다!"

뭐?! 그런 건 경찰이 해야 되지 않나? 우리 같은 알바생이 인해전술로 해결할 수 있는 문제인가? 제정신일까? 정말 괜찮은 거야?

이런저런 생각을 하고 있는데 알바생 한 명이 담당자에게 질문을 던졌다.

"만약 폭탄을 발견하면 어떻게 하나요?"

당연한 질문이다. 소동을 즐기려는 장난일 수도 있지만, 만에 하나라도 정말 폭탄이 발견되면 우리 모두의 목숨이 위험한 상황이다. 그런데 담당자의 대답은 너무나 간단했다.

"저에게 알려 주세요."

다리에 힘이 풀릴 뻔했다. 발견 단계에서 그냥 폭발해 버리는 폭탄이면 어쩔 것이란 말인가. 말도 안 되는 일이라고 생각하는 사이에 "그럼 이제 폭탄을 찾으세요. 움직여요, 빨리!" 하고 호령이 떨어졌다.

알바생들은 왠지 폭탄이 설치되어 있을 것만 같은 장소를 찾아 각자 여기저기 기웃거리기 시작했다. 나도 나름대로 쓰레기통 속이나 화장실 구석 같은 곳을 열심히 확인했다. 결과적으로 폭탄은 나오지 않았고 다들 원래 위치로 돌아갔다.

나는 콘서트장의 가장 앞줄에서 관객이 무대로 뛰어오르지 못하도록 펜스를 지키는 역할을 했다. 콘서트는 순조롭게 흘러갔고 나도 가끔 무대 쪽으로 슬쩍슬쩍 고개를 돌려 아이돌의 모습을 눈에 담았다.

콘서트가 막바지에 접어들었을 무렵, 이대로 별 탈 없이 끝나는구나 싶었던 바로 그때 '쾅' 하는 커다란 폭발음이 울렸다. 파견 알바생들은 "아악!" 하는 비명과 함께 콘서트장을 두리번거렸다.

그런데 무대 위 아이돌은 여전히 미소 띤 얼굴로 객석을 향해 손을 흔들고 있었고 관객도 모두 웃고 있었다. 아무 일도 일어나지 않았다. 폭발음은 콘서트의 마지막을 장식하는 불꽃놀이 소리였다.

　　그런 연출을 예상하지 못한 채 머릿속이 온통 '폭탄'으로 가득했던 알바생들만 놀라고 당황하다가 서로 눈빛을 교환하며 실소를 터뜨렸다.

　　그날을 마지막으로 나는 아르바이트를 그만두었다.

아르바이트 잡감

그러고 보니….
알겠어요.

모모타로야,
도깨비 퇴치하고
번 돈도 바닥났는데
이제 일을 좀 해 보면
어떻겠니?

I.

저기, 이 수수경단을
드릴 테니 여기에서
일하게 해 주세요.

응?

그럼 오늘부터
잘 부탁한다!

2.

3.

에계…!
힘들게 일하고
받은 돈이 고작
이거야?!

다른 일을
찾아보자.

4.

그렇지, 누구나
할 수 있는 일은
페이가 낮지.

그럼 나만
할 수 있는 일을…
어디 보자… 그래!
자서전을 내는 거야!
작가가 되면
인세를 많이 받겠지?

5.

제 원고
어떤가요?

이런
옛날이야기는
이제 안 팔려요.
다시 써 오세요.

6.

모모타로는
깨달았다.

이 세상에
쉬운 일은
없다는 사실을.

대견하다,
대견해.

7.

엄마의 생각 그리고 나

"유리천장을 깨뜨리자"

2016년 미국 대통령 선거 당시 민주당 후보 힐러리 클린턴Hillary Clinton의 슬로건이다. 유리천장. 남녀평등 사회를 실현하고자 노력해 온 사람들에게 '유리천장'은 꽤 친숙한 단어다.

같은 사회에 속해 있어도 남성과 여성의 사회적인 처우는 다르다. 성적이 우수했음에도 여성이라는 이유만으로 학업을 단념해야만 했던 사람도 많다. 입사 동기와 같은 실적을 올렸더라도 여성은 좀처럼 승진하기가 어렵다. 여성이 사회에 진출하려고 할 때 '여자니까'라는 편견은 보이지 않는 장벽이 되어 개인의 앞길을 가로막

엄마의 생각 그리고 나

아 왔다. 여성의 사회 진출, 성장, 승진을 방해하는 보이지 않는 차별. 이것을 압축적 비유로 표현한 말이 '유리천장'이다. 사실 유리천장이라는 단어는 내게도 의미가 크다. 어디선가 이 말을 들으면 내 인생 그리고 엄마와 함께 울면서 대화를 나누던 그날이 떠오른다.

*

엄마의 교육열 때문에 나는 초등학생 때부터 이것저것 참 많이도 배웠다. 학원, 학습지, 피아노, 서예, 미술, 스케이트, 스키, 수영, 보이스카우트, 테니스까지. 매일 학교가 끝난 뒤에는 무엇이라도 배우기 위해 학원에 다녔다. 고등학교에 입학하기 전에는 주말에도 무조건 8시간 이상 공부하라는 소리를 들어야 했다. 그렇지만 '밖에 나가서 놀아라.' '어떤 사람이 되어라.' '이런 친구는 사귀지 말아라.' '이런 직업을 가져라.' 하는 말은 들은 기억이 없다. 그저 무슨 일이 있어도 대학에만은 들어가라는 말을 들으면서 컸다.

엄마는 인생의 교훈으로 삼을 만한 딱 한 가지 말만 반복해서 일러 주었다. '다른 이의 노력에 편승하지 말아라.' 엄마가 밥을 한 그릇 더 뜨려고 밥솥으로 향할 때 그참에 내 것도 부탁하면 언제나 "네 밥은 네가 직접 떠 오렴." 하고 야단을 맞았다. '서 있는 사람은 부모라도 이용해라'(급할 때는 누구든 옆에 서 있는 사람에게 부탁하라는 뜻의 일본 속담_옮긴이)라는 말이 엄마에게는 통하지 않았다.

쓰레기 배출, 설거지, 욕실 청소 등 어릴 때부터 다양한 집안일을 분담했다. 그렇다고 해서 딱 부러지게 뭐 하나라도 제대로 배우거나 생활 능력이 길러지지는 않았다. 글씨는 엉망인 데다 그림 실력도 형편없다. 요리도 못하고 심지어 얼마 전까지 세탁기 돌리는 방법도 몰랐다. 그래도 일단 스키는 제법 타는 편이고 수영도 남들만큼은 한다. 테니스는 경기 규칙을 꿰고 있고 악보도 읽을 줄 안다. 이도 저도 아닌 실력이지만 말이다.

초등학교 2학년. 어릴 적부터 살던 효고현에서 사

이타마현으로 이사를 했다. 전학하자마자 상급생에게 체육관 뒤로 불려가서는 '사투리'를 해 보라며 놀림을 당했다. 그 뒤로도 나는 오랫동안 학교에서 계속 괴롭힘을 당했다.

부모님 때문에 이사 간 곳에서 내가 괴로운 일을 겪고 있다는 사실에 엄마는 미안해했던 것 같다. 그래서 더더욱 아들에게 학교도 집도 아닌 '제3의 장소'를 많이 만들어 주려고 했던 듯하다. 그중 단 하나만이라도 훗날 아들에게 도움이 되기를 바라면서.

그렇다고 엄마가 영재 교육을 시도한 것은 아니었다. 엄마는 나에게 항상 '좋은 환경'에 있으면 남을 괴롭히는 사람과 얽히지 않아도 된다고 했다. 대학만큼은 꼭 가라는 말을 입에 달고 사는 엄마의 교육에 대한 집념 하나는 정말이지 대단했다. 늘 성적이 좋은 형을 예로 들면서 "그러니까 너도 할 수 있어!" 하는 말로 독려하며 채찍질했다. 초등학생 때는 성적이 좋았지만 중학교에 입학하자마자 성적이 뚝 떨어지더니 수업에 집중이 안 되고 공부 의욕도 사라졌다. 그러자 엄마는 나를 돈으로 매수했다. 시험 성적이 오르면 용돈을 올려 준다는 것이었다.

마침 나는 게임이며 책이며 갖고 싶은 게 태산이라 시험공부만이라도 제대로 하자고 의지를 불태우며 단기 집중형 벼락치기로 공부를 하고 시험 기간이 끝나면 다시 농땡이를 부리며 게임 삼매경에 빠졌다. 대학 입시마저 마지막 몇 개월 동안 벼락치기로 해냈다.

사실은 대학 진학에 별 흥미도 없었거니와 고등학생 때 밴드 활동을 했으니 음악 전문학교에 가면 되겠다는 식으로 인생 설계를 정말 엉성하게 했다. 그런 나를 엄마는 집요하게 설득했다. 대학에 가면 선택지가 더 넓어진다, 선택할 수 있는 직업도 다양해진다, 네가 하고 싶은 창작 활동에도 도움이 될지 모른다 등등. 매일 같이 입씨름했지만 결국 엄마의 끈기에 두 손 두 발 다 들고 대학에 진학했다.

엄마의 생각 그리고 나

그런데 사실은 고등학교 3학년이 되었을 무렵부터 폭넓은 학문을 배우고 싶다고 생각하기 시작했고, 우연히 들어간 대학에서 좋은 스승을 만나자 단숨에 공부가 좋아졌다. 공부해서 대학에 가라는 엄마의 말을 숨 막히는 잔소리와 간섭으로 여겼지만, 결과적으로는 엄마 덕분에 지금의 내가 있게 되었다고 할 수 있다.

이것저것 배우게 하고 돈으로 낚아서 공부시키고. 언뜻 매우 유복한 가정이라고 생각할 수도 있지만 사실 그렇지는 않았다. 엄마는 맞벌이를 하며 자식 교육에 무리하게 투자했다. 대학은 당연히 학자금 대출로 다녔다. 1990년대 후반 아시아 외환위기 전후, 아버지가 다니던 회사가 부도나면서 아버지는 직장을 잃었고 가계는 어려워졌다. 식탁에는 엄마가 일하는 가게에서 팔고 남은 도시락이 매일 올라왔다. 식성이 까다로운 편은 아니었기에 엄마가 조금이라도 편해질 수 있으면 하는 마음으로 감사하게 생각하며 도시락을 먹었다.

그렇지만 공부해라 공부해라 지겹게 잔소리하는 엄마는 역시 자식에게 귀찮기만 한 존재였다. 너무 엄격한 엄마에게 몇 번이나 반항하고 나쁜 말을 하고 눈물을 흘렸다. "학력이 다가 아니잖아요." "난 엄마의 꼭두각시가 아니야!" 등 지금 생각하면 창피한 대사들도 대략 한 번씩은 했던 것 같다. 엄마는 가끔 슬픈 표정을 짓기도 했지만 그러면서도 공부하라는 말만큼은 멈추지 않았다.

그런데도 나는 수업 중에 떠들다가 학원에서 쫓겨나거나 숙제가 귀찮다며 프린트물을 난로에 태워 버렸고, 게임을 사려고 점심값을 모으느라 굶은 탓에 배가 고파 수업에 집중하지 못하는 등 불량한 생활을 했다. 엄마는 분명 수없이 많은 한숨을 쉬었으리라.

그래서 엄마는 내가 대학에 진학했을 때 아주 크게 가슴을 쓸어내렸다. 그 후 엄마는 어깨를 짓누르던 짐을 벗은 듯 더는 잔소리를 하지 않았다. 혼날 일도 없어졌으며 웬일인지 내 그릇에 밥도 대신 떠 주기 시작했다. 엄마의 할 일을 다했다고 생각한 걸까? 갑자기 무척이나 너그러워진 엄마가 친근하게 느껴지기까지 했다.

✻

대학원생 시절, 어쩌다 보니 책 만드는 일을 하게 되었다. 그 무렵 내가 운영하던 블로그에 썼던 남녀평등에 관한 글을 두고 논쟁이 뜨거웠는데, 당시는 보수파 정치인과 논객이 온갖 낭설을 퍼뜨리며 남녀평등 정책에 반대하던 때였다. 나는 그 문제점을 정리한 글을 블로그에 올렸고, 어느 날 출판사에서 책을 내자는 연락이 왔다.

취업 활동은 하지 않고 매일 부지런히 블로그에 글을 올리는 대학원생. "취직은 안 할 거니?" 하고 묻는 엄마에게 컴퓨터 화면에 시선을 고정한 채 "인터넷상에서는 내가 좀 유명해서 여차하면 뭐라도 해서 어떻게든 먹고 살 수 있어요"라고 답했다. 객관적으로 보면 그냥 정신 나간 녀석이 하는 소리지만 어쨌거나 인터넷으로 맺은 인연을 통해 편집 일을 얻게 되었다.

그 책은 여러 명의 저자가 다양한 각도에서 남녀평등 정책과 그에 대한 찬반 의견을 제시하는 내용이었다. 책에 실린 한 저자의 글에 '유리천장'이라는 말이 있었다. 책이 완성되자 '내가 만든 책'이라며 엄마에게 건넸다. 아마도 먹고살 정도의 능력은 있으니 내 걱정은 하지 말라는 의도도 깔려 있었던 듯하다. '오기우에 치키荻上チキ'라는 필명을 이때 처음 사용했다.

　　아들이 교내 서예대회에서 겨우 동상을 받았을 때도 무척이나 자랑스러워했던 엄마니까 분명히 이 책도 액자에 넣어 걸어 둘 만큼 기뻐하지 않을까 하는 생각을 하고 있었는데, 며칠 뒤 엄마가 내 방에 오더니 책에 대한 감상을 이야기해 주었다.

　　"정말 좋은 책이더라. 특히 '유리천장'이라는 말이 와닿았어. 엄마도 살면서 몇 번이나 유리천장에 부딪쳤거든."

　　그리고 처음으로 찬찬히 엄마의 삶에 대해 들었다.

엄마는 어려서부터 공부를 좋아했다. 하지만 엄마가 어렸을 때는 아직 '여자가 배워서 뭐 하냐'는 풍조가 강했다. 여성의 4년제 대학 진학률이 10퍼센트 정도나 되었을까? 남성에 비하면 한참 뒤떨어지는 수준이었다. 그래도 엄마는 대학에 진학하고 싶었지만 가족들은 말렸다. 그럼 단기대학에라도 보내 달라고 떼를 써서 간신히 전문학교에 진학했다. 졸업 후에는 회사에 취직했다. 하지만 여성에게 승진 기회가 공평하게 주어지는 시대가 아니었다.

학창 시절 엄마보다 공부를 못했던 친구들도 대학에 갔다. 그 친구들은 유복한 집안 출신이었다. 엄마는 하고 싶은 공부를 할 수 없었고, 여자가 자신이 원하는 길을 택해서 자유롭게 살아갈 수 없는 시대를 살았다. 그래서 여러모로 서러운 경험을 참 많이 했다. 인생은 원래 태어난 순간부터 불공평하다는 생각도 했다.

그래서 자식에게만큼은 원 없이 공부를 시켜 주겠노라 다짐했다. 공부해서 대학에 가면 엄마보다 훨씬 많은 선택지를 얻을 수 있으니까. 머리가 좋아지면 스스로 자신의 길을 모색할 수 있으니까. 엄마는 그런 생각으로 열심히 일했고, 나를 학원에 보내 이것저것 배우게 했다. 대학 등록금은 학자금 대출에 기댈 수밖에 없었지만 그래도 어떻게든 대학에 가 주어서 참 다행이라고 생각했다고 한다.

내가 준 책 속에서 유리천장이라는 말을 보고 엄마는 '아, 나는 유리천장에 부딪쳤던 거구나.' 하고 깨달았다. 그 시대가 그랬고 지금도 여자에게는 불공평한 세상이다. 엄마는 살면서 '여자니까.' 또는 '여자 주제에'라는 말을 참 많이 들었다고 했다. 나는 남자지만 그래도 엄마처럼 억울하고 서러운 일만은 겪지 않게 해 주고 싶었다고 했다. 괴롭힘도 마찬가지이고.

엄마는 그런 이유로 그동안 나에게 공부하라고 그

토록 지겹게 말했던 것이다. 엄마는 내가 화를 내더라도 당신이 할 수 있는 만큼은 최선을 다하겠노라 생각했다고 한다. 엄마는 말하면서 눈물을 흘렸고 내 눈에도 눈물이 흘렀다.

만감이 교차했다. 엄마의 교육이 지금의 나를 만들었다고, 고맙고 또 엄마를 이해할 수 있게 됐다고 말하자 엄마는 몇 번이나 고개를 크게 끄덕였다.

그날 이후 엄마와 나 사이의 거리가 매우 가까워진 듯한 기분이 든다.

지금 엄마는 나의 가장 열렬한 팬이다. 내 라디오를 매일 챙겨 듣고 책도 사서 읽는다. 내가 잡지나 신문에 나온 사실을 나중에 알게 되면 "못 보고 놓치면 안 되니 매체에 나올 때는 트위터로 좀 알려 달라"는 지령이 떨어진다. 언제나 내 편이 되어 주는 누군가가 있어서 마음이 든든하다.

＊

대통령 선거에서 힐러리는 패했다. 그녀는 결과에 승복하며 이렇게 연설했다.

"우리는 아직 저 가장 높고 단단한 유리천장을 깨지 못했다. 하지만 바라건대 우리가 생각하는 것보다 더 빨리 언젠가, 누군가는 이루어 낼 것이다. 여성들이여, 자신이 소중하고 강인한 존재라는 사실을 잊지 말라."

유리천장. 이 말이 크게 와닿지 않는 사람도 많을 것이다. 그렇지만 나에게 유리천장이란 엄마가 흘린 눈물이다.

다음 세대는 유리천장에 부딪쳐 좌절하는 일이 없기를 바라는 엄마의 작은 바람을 빨리 이루어 주고 싶다.

매일 똑같은 연습,
이제 정말
지겨워요!

이걸 못하면
나중에
고생할 거야.

1.

나에게는
나만의 인생이
있다고요!

다른 별에서도
일하려면
이 기술이
꼭 필요해.

2.

우리 지구에선
아직 평등한
대우를 받기가
어렵거든.

그래서 아빠는
고생을 많이
했지.

3.

이게 다 능력 없는
녀석들이
자리를 뺏기지
않으려고

능력 있는
사람들을
배제하려는 것
아냐?!

4.

…그럴 수도
있겠군.

어쨌든 우리는
강인함과
명석함으로
불평등과 맞서
싸워야 한단다.

5.

남녀 불평등은
이제
사라졌지만….

같은 지구인
사이에도
불평등이
존재하니까
말이야.

6.

혹시
'머리 모양'
때문에
차별받진
않겠지?

안 돼!
그럼 나도
곤란해요!

7.

07   지금의 일을 만나기까지

지난날을 돌아보면 무슨 일이든 그저 흘러가는 대로 무계획한 삶의 연속이었다. 계획적인 인생 설계 따위와는 거리가 먼 삶이었다.

　　일하다 보면 인터뷰 요청을 자주 받는다. 대부분 논평을 원하는데 가끔 내 인생에 관한 질문을 받을 때가 있다.

　　"어떻게 지금의 일을 하게 되셨나요?"

　　"어쩌다가 지금 같은 가치관을 갖게 되셨나요?"

　　이런 질문을 받으면 왠지 답하기가 곤란해진다. 평론가가 되고자 했던 적은 단 한 번도 없었을 뿐더러 인생이 바뀔 만큼 대단한 경험을 하지도 않았다. "바로 그때가 제 삶의 전환점이었죠." 하고 아련한 눈빛으로 언급할 에피소드는 더더욱 없다. 작은 우연과 만남의 연속. 그것들이 차곡차곡 쌓여 나를 지금 이곳에 데려왔을 뿐, 어떤 특별한 계기나 이유는 없다.

고등학생 때는 아마추어 밴드 활동을 하면서 장래에는 음악으로 먹고살아야지 하고 대충 생각했다. 언젠가 비범한 인물이 되리라. 그런 막연한 다짐을 하며 딱히 장점도 특기도 없는 자신의 모습을 애써 긍정하려 했다. 더군다나 잘난 외모도 아니면서 음악 장르는 하필 비주얼록이었다.

고등학교 3학년 여름이 끝나 갈 때까지 입시 공부도 거의 하지 않은 채 태평한 일상을 보내고 있었다. 1년 뒤의 내 모습 따위는 관심조차 없었다. 정 안 되면 음악 전문학교에라도 들어가지, 뭐. 그렇게 도망칠 궁리를 해 두니 현실을 걱정할 필요도 없었다.

하지만 대학에는 꼭 가라는 부모님의 성화에 못 이겨 결국 3학년 가을 무렵부터 본격적으로 수험 공부에 돌입했다. 에가와 다쓰야江川達也의 만화《도쿄대학 이야기東京大学物語》의 무대라 즐거워 보인다는 이유에서 와세다대학을 1지망으로 정했다. 그리고 떨어졌을 때를 대비해서 왠지 붙을 것 같은 세이조대학에도 응시해 두었다. 결과적으로 벼락치기 공부는 통하지 않았고 나는 세이조대학에 진학했다. 시험 준비를 얼마나 엉터리로 했는지 세이조대학 입학시험에 일본사 과목이 있다는 사실을 수험 당일이 되어서야 알았다. 그 실력으로 용케도 합격했다.

*

대학에서는 일본 문학을 전공했다. 작사에 도움이 될지도 모른다는 유치한 생각에서였다.《도쿄대학 이야기》의 주인공이 그랬듯 나도 우선은 이 대학에 다니면서 위장 재수생으로 지내며 1년 뒤 시험을 봐서 와세다대학에 진학하자고 마음먹었다. 그런데 1학년 여름 무렵 좋아하던 선배와 사귀게 되었다. 그 덕분에 재수해서 와세다대학에 가겠다는 목표는 어느새 잊었고, 나는 그렇게 세이조대학에 계속 남게 되었다.

대학에서는 제미(세미나르seminar의 독일식 발음 '제미나르ゼミナール'에서 앞 두 글자를 따온 말로 지도받고 싶은 교수를 선택해 수강하는 수업_옮긴이)를 선택해야 한다. 좋아하는 선배를 따라 같은 제미에 들어갔는데 무척 엄격한 분위기였지만 많은 자극이 되었다.

제미 지도교수는 나쓰메 소세키夏目漱石 연구가이자 텍스트 이론가인 이시하라 지아키石原千秋 교수님이었다. 국어 수험서 저술가로도 잘 알려진 인물이다. 제미에 속한 학생들은 1년 동안 리포트를 4개 이상 작성하고 그중 두 번은 발표를 해야 했다. 게다가 결석이나 성적 불량이 반복되면 가차 없이 쫓겨난다. 제미에서 제명될 때 교수님은 명부에 적힌 이름 위에 한 줄로 선을 긋는데, 그 선이 무서울 정도로 반듯하다고 해서 학생들에게는 전설로 불리고 있었다. 자를 사용하지 않고 오직 손으로만 긋는데도 말이다.

나의 사고력은 이 재미에서 길러졌다고 할 수 있다. 텍스트 이론이라는 기법은 전통적인 문학 연구와는 조금 다르다. 작품이나 저자의 시대적 배경 등을 검증하는 실증주의에 대해 텍스트 이론은 해석의 다양성과 가능성을 추구한다. 작품을 작가의 소유물로 간주하는 대신 눈앞에 있는 작품 그 자체와 대면하는 것이다. 문학이든 영화든 해석에 '정답'은 없다. 다양한 해석의 가능성을 전제로 그것을 언어로 풀어 나간다.

다양한 측면에서 해석하는 방법을 모색하기 위해서는 사상과 이론의 유형에 대해 알아야 한다. 사람은 누구나 자기도 모르는 사이 특정한 해석, 즉 이데올로기를 내면화한다. 각각의 이데올로기에는 장단점이 있지만 많은 이데올로기의 유형을 배우면 텍스트를 비판적으로 읽을 수 있게 된다.

해석을 위한 이론은 많지만 1960년대 이후 현대사

상은 한 조류로서 'ㅇㅇ 중심주의'를 비판하는 방식으로 운동과 이론이 형성되어 왔다. 이를테면 '남성 중심주의'를 비판하는 과정에서 페미니즘 운동과 그 이론이 대두되었다. '백인 중심주의'를 비판하면서 공민권 운동이 시작되었다. '서구 중심주의'를 비판하고자 다문화 연구가 발전하게 되었다. '이성애 중심주의'를 비판하는 방법으로 성소수자 운동 및 이론이 형성되었다. '비장애인 중심주의'를 비판하면서 장애인 운동과 이론이 만들어졌다. 그리고 특정 예술 분야만을 문화로 평가하는 '하이컬처 중심주의'에 대해 서브컬처 영역이 새로운 연구 대상이 되었다.

그때까지 주류를 이루던 '독해 방식'에 의문을 품고 다른 시각의 해석을 제시하는 것이다. 전통적인 문학 연구는 작가가 중심이 되는 연구라면, 텍스트 이론은 독자를 위한 연구다. 다양한 입장에서 읽어 내는 사고 실험을 반복하는 일. 그런 경험은 지금의 일을 하는 데에도 크게 도움이 되고 있다.

처음으로 제미 발표를 준비할 때는 무척 긴장했다. 그래도 나름대로 최선을 다했다. 고등학생 시절부터 심리학에 관심이 많아 프로이트와 융의 서적을 많이 접한 경험을 살려 정신분석 이론으로 나쓰메 소세키의 소설 《문門》을 살펴보는 내용을 주제로 삼았다.

교수님의 질문에도 막힘없이 대답했다. 다음 날 한 선배에게 교수님이 나를 두고 "뭐 하는 녀석이냐"고 물었다는 말을 전해 듣고는 왠지 겸연쩍어졌다. 나중에 알게 된 사실이지만, 그 일이 있고부터 한동안 선배들이 뒤에서 나를 '프로이트 군'이라는 별명으로 불렀다고 한다. 그 속에는 물론 빈정대며 놀리는 느낌도 있었을 테지만.

참고로 제미에 들어간 계기를 제공했던 선배에게는 2학년 봄에 차였다. 남은 제미 기간 동안 느껴야 했던 어색함이라니.

＊

4학년이 되자 주변 친구들은 취업 활동으로 분주해졌다. 나는 취업 활동이 귀찮기도 했고 한창 공부에 재미를 붙이던 때라 대학원에 진학기로 했다. 대학원에 가는 학생들은 자조적으로 '입원入院'한다고 말하곤 했다. 취직이 어려웠던 때라 일종의 피난처로 대학원을 선택하는 사람도 적지 않았다.

그런데 예상치 못한 일이 벌어졌다. 학부에 이어 대학원에서도 세이조대학의 이시하라 교수님께 지도를 받고자 했는데 내가 대학원 진학을 결심한 바로 그때 교수님이 와세다대학의 교육학부로 자리를 옮기게 된 것이다. 게다가 와세다대학에서는 당분간 제미를 맡지 않을 예정이라고 했다.

보통 '입원'이라고 하면 학부의 연장선으로 대학원에서도 같은 연구를 하며 같은 교수님께 지도를 받는 경우가 많다. 하지만 나는 그럴 기회가 사라지고 말았다.

"대학원 진학을 희망하는 학생들은 개별적으로 상

담하겠습니다. 추천서는 확실하게 써 줄 테니 어느 대학원에 진학할지 다시 잘 생각해 보세요." 교수님은 미안해하며 학생들에게 말했다.

나의 스승이 저명한 대학으로 가게 된 것은 매우 자랑스러운 일이었다. 한편 내가 대학원을 지망함으로써 결과적으로 스승에게 부담감을 안겨 주고 있다는 생각에 죄송스러운 마음도 들었다. 다만 교수님은 술자리에서 "와타야 리사綿矢りさ가 우리 제미에 온다고 해도 와세다만큼은 절대 포기할 수 없다"라고 선언하는 등 교수님의 마음은 이미 와세다대학에 가 있었다.

상황이 무척 곤란했다. 나는 문학 연구를 계속할 생각이었지만 텍스트 이론을 접목해서 연구할 수 있는 대학원은 사실상 거의 없었다. 전공을 바꾸자니 공부가 턱없이 부족했고 결국 1년 동안 재수하기로 했다. 대학원에 진학하려고 재수하는 일은 흔치 않다. 문학 연구의 지식을 살리고 흥미를 느낄 수 있으며 존경할 만한 교수진

이 있는 곳. 그런 조건에 맞는 후보를 추려 이리저리 고민한 끝에 전공으로 미디어론을 택했다.

그동안 나는 대학 4학년 겨울 무렵부터 시작한 블로그 활동에 더욱 몰두했다. 지금처럼 트위터나 페이스북이 없던 시절, 인문사회과학 분야와 평론 분야의 뉴스를 전하는 블로그를 운영하고 있었다.

당시는 이라크의 일본인 인질 사건, 교육기본법 개정, 남녀공동참획사회기본법(사회 모든 영역에서 남녀평등을 촉진하기 위해 제정한 법으로 우리나라의 양성평등기본법에 해당한다_옮긴이)에 대한 보수파 단체의 집회 같은 사건들이 있었던 때라 그와 관련한 기사를 블로그에 게시하다 보니 자연스레 사회문제에 관심을 갖게 되었다. 헌법, 경제, 범죄, 인권문제 등 독서의 폭이 확장되고 인맥도 넓어졌다.

재수 생활을 마치고 도쿄대학 대학원에 '입원'했다. 미디어론을 공부하면서 변함없이 블로그 활동도 계속했다. 그러던 중 작은 출판사 일을 거들게 되었다. 나는 그때 보수파 미디어에 떠도는 페미니즘에 관한 낭설을 검증하는 사이트를 운영했는데, 이를 본 출판사에서 비슷한 취지의 책을 내려고 하니 도와 달라는 것이었다.

소후샤라는 이름의 출판사는 사장 혼자서 모든 일을 책임지는 1인 출판사였다. 그래서 기획, 목차 만들기, 사전 약속 잡기, 인터뷰, 기고, 편집, 영업까지 책을 만드는 일련의 과정을 경험해 볼 수 있었다. 원래 가정 형편이 여유롭지 않아 석사과정이 끝나면 취직하겠노라 부모님과 약속을 한 상태였다. 딱히 연구자가 되고 싶은 생각도 없이 그저 2년간 내가 원하는 공부를 마음껏 할 심산이었다.

그런데 취업 활동이 마음대로 풀리지 않았다. 큰 출판사부터 작은 출판사까지 이곳저곳에 이력서를 넣었다. 서류심사에서 일찍이 탈락한 곳이 있는가 하면 최종 면접까지 가서 아깝게 탈락한 곳도 있었다.

*

대학원 생활이 끝나 가는 2월경. 아직도 취업은 준비 중. 한겨울 추위에 더해 '취업 빙하기'를 실감하며 풀이 죽어 있었다. 그러던 어느 날, 내가 일을 돕던 출판사의 뒤풀이 파티가 열렸다. 장소는 신주쿠 니초메의 게이바.

"취직을 못 하는 건 내 잘못이 아니라 다 사회 탓이야!" 하고 술김에 바 여사장에게 주정을 부렸다가 "정말 못났다"라는 놀림만 받았다.

그런데 옆에 있던 여자 손님 두 명이 무언가를 축하하는 듯한 분위기였다. 무슨 좋은 일이라도 있느냐고 말을 붙였더니 한 사람이 다른 한 명을 손으로 가리키며 말했다. "얘가 이직하려고 오늘 회사를 관뒀어요."

어떤 회사냐고 묻자 웹 광고부터 출판까지 다양하게 취급하는 벤처기업이라고 했다. 뭔지는 잘 모르겠지만 재미있을 것 같았다.

"오늘 일을 그만두신 거라면 회사에 자리 하나가 비었다는 말이네요?! 제가 그 자리에 들어갈 수는 없을까요? 네?"

나는 술기운을 빌려 얼굴에 철판을 깔고 물었다.

"그럼 한번 물어봐 줄까요?"

역시 일단은 얘기를 꺼내고 볼 일이다. 그 뒤에는 속전속결로 면접이 잡히더니 4월부터 정사원으로 출근하게 되었다. 이로써 나의 취업 활동은 끝이 났다.

그렇게 운 좋게 얻은 일자리였건만 1년을 채우고는 미련 없이 퇴사했다. 일하면서 책을 한 권 냈는데 그 책이 발매되고 출판 의뢰가 몇 번 들어와서 취재와 집필에 전념하고 싶어졌기 때문이다. 일이 잘 풀리지 않으면 다시 웹 광고 업계로 돌아가자는 가벼운 마음가짐으로 시작한 일이었으나 어쩌다 보니 지금도 글을 쓰고 있다.

무계획 인생은 앞으로도 계속될 것 같은 예감이다.

선생님,
나다운 직업을 찾는
방법에 대해
한 말씀 해 주실 수
있나요?

음, 그건 말이죠.

1.

22세

시청 공무원

저도 지금껏
이런저런 일을
해 왔습니다만….

2.

28세

시식 코너 판매원

지금 일을
언제까지 하게
될지는 저도
모른답니다.

3.

34세

소방대원

그래도 이 일은
제 적성에
맞는 것 같아요.

4.

38세

사육사

저는
오래전부터 쭉
'나다운 선택'을
해 왔다고
생각합니다.

5.

43세

과자 전문점

누구든
자기 적성에
안 맞는 일을
노력해서 계속할 만큼
재주가 좋지는
않겠지요.

6.

현재

소설가

최근에
겨우
깨달았답니다.

저한테는
'사' 자 직업이
딱 맞아요.

7.

08

내 목소리와 라디오

나는 맞벌이 부모 밑에서 자란 탓에 초등학생 때부터 혼자 집을 지키곤 했다. 그래서 부모님에게 걸려 온 전화를 받는 일이 많았다.

어렸을 적에는 전화를 걸어 온 사람 대부분이 아버지나 어머니가 계시는지 물었다. 중학생이 되면서 변성기가 오자 이번에는 남편분이시냐고 묻는 사람이 많았는데, 특히 아버지를 아는 사람들은 내 목소리와 아버지 목소리를 자주 혼동했다. 수화기 너머의 목소리가 비슷했나 보다.

멀리 사는 할머니에게 걸려 온 전화를 받을 때면 할머니는 늘 자신이 누군지 밝히기 전에 "누구냐?" 하고 이

내 목소리와 라디오

쪽이 누군지 물었다. 치키라고 말하면 그제야 "그래그래, 너구나. 할미다. 아범인 줄 알았지, 뭐냐. 목소리가 아주 좋구면." 하고 답했다. 그러고 나면 엄마를 바꿔 달라기도 전에 "넌 목소리가 아나운서를 해도 되겠다"라고 칭찬했는데 전화를 받을 때마다 빠지지 않는 단골 레퍼토리였다.

할머니 말고도 엄마나 이모, 사촌들도 내 목소리를 자주 칭찬했다. 그렇지만 절대 우쭐하지는 않았다. 칭찬을 받아서 낯간지러운 기분조차 들지 않았고, 애초에 칭찬이 와닿지도 않았다고 해야 할지, 가족이라서 하는 소리겠거니 생각했다.

카세트 녹음기로 목소리를 녹음해서 들어 보기도 했으나 내 귀에는 이상하게만 들렸다. 그러고 보면 내가 생각해도 아버지 목소리는 꽤 좋았으니 그 목소리를 닮았다면 나도 좀 더 자신감을 가져도 되었을 텐데.

*

성인이 되고 나서 '임포스터 신드롬Imposter syndrome' (사기꾼 증후군)이라는 말을 접했다. 주위 사람들이 보기에 뛰어난 능력이 있거나 높은 성과를 달성했다고 보이는데도 스스로는 성공을 받아들이지 못하는 상태라고 한다. 오히려 자신은 타인에게 과대평가를 받는 '사기꾼(임포스터)'이라는 생각이 들고, 언젠가 형편없는 본래의 실력이 들통나 비난을 받게 될까 불안해하는 현상을 일컫는 말이다.

임포스터 신드롬에 걸린 사람은 아무리 성공해도 그저 운이 좋았을 뿐이며 자신의 노력으로 얻은 결과가 아니라고 여기며 현실을 부정한다. 그렇기에 진짜 능력을 키우고자 과도한 목표를 설정한다. 그런 노력이 결실을 보아 실력이 더욱 향상되는 경우도 더러 있지만, 높은 목표와 낮은 자기평가 사이의 간극 때문에 부족한 부분에만 집중하느라 성취감을 얻기 힘들거나 자기혐오에 빠지기도 한다.

임포스터 신드롬에 대해 처음 알게 되었을 때 딱 내 이야기인 줄 알았다. 목소리가 좋다는 칭찬을 들어도 그건 어디까지나 운이며 나의 능력과는 상관없는 일이라 여겼다. 할머니가 내게 목소리 쓰는 직업을 택하면 되겠다는 말을 자주 했지만 언제나 무심하게 흘려들었다.

그런 내가 지금은 라디오 방송을 진행하고 있다. 말을 하는 직업이라 가끔은 청취자에게 목소리 칭찬을 듣기도 한다. 그럴 때마다 나는 할머니를 떠올린다. 설마 할머니 말대로 될 줄은 몰랐다고 생각하면 어쩐지 기분이 묘하다.

라디오를 처음 듣기 시작한 건 중학생이 되고부터였다. 중학교 때는 중간고사나 기말고사 같은 연례행사가 있어서 초등학생 시절과는 달리 시험공부를 하지 않으면 비참한 성적표를 받는다. 중학교 1학년 때 나는 '시험공부'를 해야 한다는 의식이 전혀 없었던 탓에 성적이 학년에서 최하위에 속할 정도로 줄곧 낙제점을 받았다.

2학년이 되고 슬슬 시험공부라는 걸 해 볼까 싶어 매일 밤 공부를 하며 라디오를 듣기 시작했다. 일요일 오후에는 토크 버라이어티, 평일 밤에는 음악 방송이나 성우 라디오. 라디오계에서 '토크 방송은 AM, 음악 방송은 FM'이라는 말도 있는 듯했지만 실제로는 어느 한쪽에만 치우치지 않고 다양한 방송을 내보냈다. 나는 특히 모리구치 히로코森口博子나 나카지마 미유키中島美雪 같은 여성 가수가 진행하는 방송을 좋아했다.

방을 어둡게 한 뒤 책상 위의 전기스탠드를 켜고 라디오를 들으면서 공부했다. 라디오에서 흘러나오는 목소리에 귀를 기울이면 집중력은 떨어질지라도 책상 앞에 앉아 있기 위한 동기부여가 돼서 결과적으로는 공부에 대한 거부감이 줄었다.

게임이 원작이었던 라디오 드라마 〈트윈비 파라다이스TwinBee PARADISE〉에서는 청취자끼리 서로를 알아볼 수 있도록 가방에 종을 매달게 했다. 길에서 가방에 종이

달린 사람을 보면 다가가 '암호'를 물어보고 상대는 '비
—!'라고 대답하게 했다. 이렇게 질문과 대답을 주고받으
며 청취자들이 서로 연결되게 하려는 것이었다.

　방송에서는 "가방에 종을 달았더니 어떤 사람이 말
을 걸었어요." "가방에 종을 단 사람에게 용기를 내서 암
호를 물어봤어요." 하는 청취자들의 엽서 사연을 읽어 주
었다. 그럼 나도 한번 해 볼까 싶어 한동안 배낭에 종을
매달고 다녔다. 길에서 우연히 마주친 아름다운 연상의
여인(!)과 사랑에 빠지는 망상을 품기도 했지만, 물론 그
런 일은 일어나지 않았다.

　대신 다른 반 남학생이 "너 혹시 라디오 들어?"라며
말을 걸어왔다. 계기는 확실하지 않지만 그 후로 우리는
가끔 만나 이야기하는 사이가 되었다.

　그는 애니메이션 〈신세기 에반게리온新世紀エヴァン
ゲリオン〉에 완전히 빠져서 나쁜 사람들만 멸종시키는 독
약이나 듣기만 하면 세뇌당하는 카세트테이프를 만들

수 없을까 하는 식의 이야기를 꽤 진지하게 하곤 했다. 그때 우리는 '중학교 2학년'이었다.

그 뒤 우연히 같은 고등학교에 진학하게 되어 함께 의기투합해서 밴드를 결성했고, 한번은 같은 사람에게 고백했다가 둘 다 보기 좋게 차였다. 지금 생각하면 보통 인연은 아니었는데 티 나게 '절친' 행세를 하지 않았을 뿐더러, 서로 다른 대학에 진학한 뒤로는 딱히 연락도 하지 않았다. 요즘처럼 라인 같은 메신저가 있었다면 달라졌을지 몰라도 그때는 휴대전화를 가진 고등학생 자체가 드물었다. 다니는 장소가 바뀌면 그대로 이별하는 것이 당연한 시절이었다.

최근 SNS를 통해 갑작스레 그에게서 연락이 왔다. "오랜만에 네가 가깝게 느껴진다"라는 말과 함께. 순간 '10년 이상 소식이 끊긴 동창의 존재가 어떻게 가깝게 느껴진단 말인가. 혹시 다단계?' 하는 의심이 살짝 들었다. 알고 보니 그는 중동을 지원하는 NPO를 운영하고 있으며 어쩌다가 내 라디오에서 중동 문제를 다루는 것을 알게 되었다고 한다. 인생이란 참으로 알다가도 모를 일이다. 노스트라다무스의 예언을 믿고 인류의 파멸에 대해 진지하게 고민하던 친구가 지금은 난민을 돕는 활동을 하고 있을 줄이야.

*

중학생 때 나는 오타쿠를 동경했다. 아키하바라에서 오리지널 비디오 애니메이션이나 성우 CD를 사고 애니메이션 굿즈 전문점 '애니메이트'에 들락거렸다. 애니메이션 잡지 《아니메쥬ｱﾆﾒｰｼﾞｭ》를 구독하고 취미 재료 전문점 '유자와야'에서 스크린톤이나 G펜 같은 만화 용품을 사기도 했다. 그러다가 문득 나에게는 오타쿠적 기질이 없다는 사실을 깨달았다. 꼭 애니메이션이나 만화가 아니더라도 무언가에 탐닉하는 집중력이 없다고 할까. 오타쿠가 되기보다는 남들에게 오타쿠로 보이고 싶다는 생각이 앞서는 탓에 무엇인가에 순수하게 빠져

들기가 힘들다.

　팬(애호가)이 아니라 어디까지나 스노브snob(과시하려는 사람)인 셈이다. 그래서 무언가에 몰입하는 사람들이 언제나 대단해 보인다.

　마찬가지로 라디오도 고등학생이 되면서부터는 거의 듣지 않았다. 밴드 활동이나 인터넷 서핑에 시간을 쏟은 탓이었다. 라디오에서 사소한 즐거움을 얻는 대신 다른 분야로 눈길을 돌렸다. 심야 라디오의 존재를 알았더라면 달라졌을지 모르겠다.

　대학에 들어간 뒤에는 유명한 학자나 평론가가 출연할 때 해당 방송을 찾아 듣기는 했어도 특정 프로그램을 즐겨 듣지는 않았다. 그래서인지 내가 미래에 라디오를 진행하게 되리라고는 정말이지 상상도 못했다.

　2007년. 지쿠마쇼보 출판사에서 내가 처음으로 단독 집필한 책이 출간되었을 때 TBS 라디오 프로듀서에게서 연락이 왔다. 사회학자 스즈키 겐스케鈴木謙介 씨가 진행하는 문화 프로그램 〈문화계 토크 라디오 Life〉에 출연하지 않겠느냐는 것이었다.

사람들 앞에서 말하는 일에는 자신이 없었지만 책 광고도 할 겸 출연하기로 했다. 방송 당일에는 공복 상태라 기력이 거의 없었던 것 말고는 별다른 문제없이 잘 해냈다. 이 일을 계기로 TBS 라디오 프로그램 여기저기 불려 다니게 되었고, 정신을 차려 보니 정규 프로그램을 진행하고 있었다.

*

처음 라디오를 시작했을 때 '이러이러한 말은 하면 안 된다'라는 식의 주의사항이나 스피치 훈련 같은 것은 전혀 받지 않았다. 다만 나도 모르게 말을 빨리하는 습관이 있는지 우리 엄마조차 내 방송을 녹음한 뒤 속도를 0.9배속으로 바꿔 들을 정도였다. 이 점에 대해서는 한 스태프에게 '할머니한테' 말을 건다고 생각하라는 조언을 들은 적도 있어서 되도록 알기 쉽게 전하려고 노력하는 중이다.

다른 라디오 방송에도 몇 차례 출연하면서 느꼈지만 내 라디오 진행 방식이나 프로그램 스타일은 조금 독특하다. 뉴스 프로그램의 사회를 보면서 트위터와 메일을 확인해 그 내용을 적절히 언급하고 동시에 토론도 이끌어 가야 한다. 대본과 진행표가 준비되어 있다고는 해도 미리 짜인 각본대로 흘러가는 경우는 거의 없다. 그야말로 멀티태스킹과 애드리브에 의존하는 방식의 프로그램이다.

원래부터 라디오 뉴스 프로그램은 몹시 유동적이다. 방송 직전까지 어떤 내용을 다룰지 정해지지 않는 것은 예삿일인 데다 심지어 방송 시간이 임박해서야 출연 게스트가 확정되는 일도 있다.

심할 때는 방송이 종료될 때까지도 대본이 전혀 없는 경우마저 있다. 예를 들어 국회 심의 내용을 녹음한 음성을 소개하면서 나 혼자 코멘트를 했을 때다. 스태프가 음원 편집에 매달리느라 원고를 쓸 시간이 없었다. 방송에서 사용하는 음원은 모두 내가 선택하기에 스태프에게는 내보내는 음원 순서만 메모해 달라고 전했다. 스태프는 꼼짝 않고 편집기기에만 붙어 있는 모양새. 그랬는데도 방송이 절반가량 끝난 시점까지 후반부에 사용할 음원 편집이 끝나지 않아 남은 시간을 멘트만으로 처리해야 했다.

방송 직전에 구마모토 지진이 발생한 날에는 실시간으로 들어오는 피해 상황을 공유하며 재해 현장을 취재했던 경험을 살려 청취자의 주의를 환기하기도 했다. 또는 방송 중에 하는 정치인 인터뷰나 중요 인물 전화 인터뷰처럼 한 시간 동안 대본 없이 단판 승부를 보는 일도 적지 않다.

그럴 때 긴장되느냐고 묻는 사람도 있는데 꼭 그렇지는 않다. 해낼 수 있다는 자신감이 있기 때문이다. 그리고 최근 들어 내가 하는 일이 누구나 할 수 있는 것은 아니라는 사실도 깨달았다. 한 발자국씩 나만의 걸음을 계속 걸어왔으므로 나는 '사기꾼'이 아니라 노력한 만큼 평가를 받고 있다고, 이제야 겨우 나 자신을 인정할 수 있게 되었다.

젊었을 적 나는
매주 라디오에서 듣는
그 목소리와 사랑에
빠졌습니다.

1.

어떻게 생겼을까?
키는 클까?
그 시절에는 알아볼
방법도 달리 없었지요.

2.

손톱 길이나
목선에 이르기까지
'그'의 모습은
내 상상 속에서
무럭무럭
자라났습니다.

3.

그리고 며칠 전, 문득
떠오르고 말았습니다.
그 목소리가.
내 마음속 그의 모습이.

4.

. . . .

이상과 현실 사이에는
거리가 있기 마련이라는
사실을 알고 있었는데.
굳이 알아보지 않아도
됐을 텐데.

5.

사진 검색만
하지 않았더라면
나의 사랑은,
나의 그는 언제까지고
내 안에서 '진짜'일 수
있었는데····.

6.

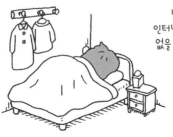

나는 이제
인터넷을 용서할 수
없을 것 같습니다.

7.

09

'저주의 말'에 대처하는 자세

"좋아하는 영화는?"

"좋아하는 작가는?"

"좋아하는 뮤지션은?"

20대 초반의 문과생 시절, 이런 화제로 타인과의 대화를 모색하곤 했다. 술자리에서 분위기에 취해 흥을 즐기는 체질이 아닌 만큼 이야기를 통해 지식을 나누는 일이야말로 진정한 소통이라고 생각했다.

하지만 막상 대화가 시작되면 서로의 지식을 과시하는 아수라장으로 변하고 만다. 흔히 '서브컬처 마운팅 subculture mounting'이라고 부르는 행위로 처음 의도와는 달리 분위기가 걷잡을 수 없이 험악해지기도 한다. 누군

'저주의 말'에 대처하는 자세

가를 눈물 바람으로 집으로 가게 만들거나 내가 누군가를 싫어하는 마음으로 집으로 돌아오거나. 지난날 부질없는 충돌을 얼마나 많이 일으켰는지 그 횟수를 헤아릴수도 없다. 사회성이 부족했던 나에게 술자리는 전쟁터와 같았다.

시간이 흘러 30대 중반이 된 지금, 술자리란 사교의 장이면서 친밀한 사람과 상대방의 노고를 위로하는 자리가 되었다. 일상생활이나 직장 생활 속에서, 또는 지금까지 살아온 인생 속에서 타인이 퍼부은 '저주의 말'(부정적인 언어나 폭력적 언어에는 주문과 같은 효과가 있어서 그런 말을 반복해서 하거나 들으면 자신을 옭아매는 저주가 된다는 의미_옮긴이)에 상처받은 마음을 서로 달래 주기도 하고 때로는 함께 공감하면서 이야기를 나누곤 한다. 삶의 반환점에 도달한 시점에서 인생 전반부를 되돌아보는 작업을 하고 있는지도모른다.

특히 저주의 말을 또다시 정면으로 마주하는 일은

같은 나이 또래의 친구들 사이에서도 중요한 과제다. 마치 과제를 끌어안은 사람들의 모임처럼 각자 '돌아보고 털어놓고 받아들이는' 행위를 통해 남은 인생을 어떻게 살아갈지 고민한다.

*

나는 가까운 사람들의 조언을 비교적 진지하게 들어왔다고 생각한다. 어떤 때는 '세뇌'라고 표현해도 좋을 정도로 다른 사람의 영향을 과도하게 받았다. 실제로 지금껏 살아오는 동안 몇 번인가 특정 인물이 말하는 대로 따르기도 했다. 나를 세뇌 상태로 만든 사람들에게는 몇 가지 공통점이 있다. 먼저 그때까지 내가 별로 의식하지 않았던 교제와 대화 방식을 논리정연한 말로 강하게 부정하고 그때 어떻게 행동해야 했는지 지적했다. 그런 일이 반복되면 그 사람에게 인정받아야 한다는 충성심이 생기며, 내 행동의 기준이 특정한 개인의 평가에 좌우된다.

나의 첫 연애 상대는 폭력을 자주 휘둘렀다. 때리고 차고 깨물고 우산으로 찌르고 목을 졸랐다. 옷이 촌스럽다, 흰색 옷은 어울리지 않으니 입지 마라, 몸은 괜찮은데 얼굴이 못생겼다…. 이런 말을 몇 번이고 되풀이해서 강조했다. 물론 나쁜 기억만 있는 건 아니지만 지금 돌이켜보면 그때 들었던 저주의 말들만 떠오른다.

요즘 말로 '데이트 폭력'이었다. 이런 표현을 알고 있는 것 역시 저주의 말 때문에 입은 상처를 치유하는 데 효과가 있다. 내가 이 말을 처음 접했을 때는 교제 후 10년이 지나서였지만 말이다.

그다음 교제한 상대와 옷을 사러 갔을 때의 일이다. 함께 이런저런 옷을 구경하며 나는 얼굴이 못생겨서 흰색 옷은 어울리지 않는다고 했더니 의아한 표정으로 누가 그런 말을 했는지 되물었다. 그런 뒤 하얀 티셔츠를 내 몸에 대보더니 한번 입어 보라고 등을 떠밀었다. 시키는 대로 순순히 옷을 갈아입고 나오자 그녀가 미소 띤 얼굴로 말했다. "잘 어울리는데?"

반신반의하면서 나는 그 옷을 샀고, 다음 데이트에 입고 나가니 잘 어울린다며 그녀는 또 한 번 기뻐했다. 티셔츠가 후줄근해질 때까지 입고 또 입었다. 그 후 나는 매년 흰 셔츠를 산다. 나의 정석 패션, 아니 '승부복'인 셈이다. 이렇듯 나는 오랫동안 옷에 대한 콤플렉스를 가지고 있다.

*

초등학생 때 '마음속 감정을 드러내면 상대에게 나의 허점을 보인다'는 생각을 하기 시작했다. 나를 둘러싸고 있는 동급생들. 전후 사정은 정확하게 기억나지 않아도 '사과'라고 으름장을 놓고 '표정이 그게 뭐냐'며 비웃던 그 얼굴들이 잊히지 않는다.

대부분 집단 괴롭힘의 목적은 누군가를 집단에서 배제하는 것이 아니다. 배제하는 순간 게임은 끝나기 때문이다. 대신 상대를 집단의 최하층으로 길들이기를 즐긴다. 그들은 상대를 지배하고 웃음거리로 삼아 가학적 쾌감을 느낀다. 상대가 조금이라도 지배에서 벗어나고자 하는 낌새를 보이면 그에 맞는 응징을 가한다.

학문에 눈뜨고 집단 괴롭힘 연구를 하면서 '표정죄' '태도죄'라는 표현을 알게 되었다. 신경에 거슬리는 표정을 지었으므로 유죄, 타인의 반감을 살 만한 태도를 보였으므로 유죄. 이런 식으로 집단 내에서 통하는 규칙을 만들어 대상에 대한 공격을 정당화하는 것이다.

표정죄와 태도죄를 지었다는 이유로 끊임없이 괴롭힘을 당했던 나는 타인에게 감정을 드러내지 않는 것만이 살길이라 생각했다. 반면에 나의 내면세계에 깊이 공감하는 상대를 만나면 한없이 가까워진다. 관계의 늪, 공의존共依存(어떤 한 사람이 다른 사람을 중독, 탐닉, 정신 건강 악화, 미성숙, 무책임 등으로 조장하는 대인관계에서 나타나는 행동조건을 말한다. 인정받거나 정체성을 찾기 위해 타인에게 과도하게 의존하는 것이 공의존의 가장 큰 특성이다_옮긴이), 세뇌. 어떤 말로든 표현할 수 있겠지만, 어쨌든 다른 사람과 적당한 거리를 유지하기가 쉽지 않은 탓에 누군가와 극단적으로 멀어지거나 극단적으로 가까워지는 식으로 마음이 양극단으로 치우친다.

서른세 살 여름, 우울증을 앓고 얼마 지나지 않아 몸까지 견디기 힘들어지자 주변 사람들에게 힘든 상황을 조금씩 털어놓기 시작했다. 그러자 내게 마음의 문을 여는 사람들이 늘어났다. 내 마음의 방어벽을 어떻게든 허물어 "함께 이겨 내자"라고 말해 주는 사람, 자신도 아픈 상처가 있다며 공감해 주는 사람, 나를 변함없이 대해 주는 사람 등 득실을 따지지 않고 내 곁에 있어 주려는 사람들이 있다는 사실이 믿어지지 않았다.

마음속 감정을 드러내면 상대에게 나의 허점을 보이게 된다는 생각은 절반은 맞고 절반은 틀렸다. 빈틈없는 사람은 다른 사람과 가까워지기 어렵다. 나의 약점을 드러내면서부터 몇몇 사람들에게 이런 말을 들었다. "무서운 사람이라고만 생각했어요." "나도 비슷한 경험이

'저주의 말'에 대처하는 자세

있어서 당신에게 왠지 마음이 놓여요."

평론가라는 직업과 나름 똑 부러진(!) 표정 때문에 미디어에 비치는 내 모습에서는 인간미를 느끼기 어려운 모양이었다. 게다가 나는 타인의 참견과 관심을 극단적으로 싫어하기도 했다. 그런 사실을 깨닫고 나서 마음의 방어벽을 무장해제하기로 했다. 내 나름의 '인간 선언'이었다.

가끔은 타인에게 허점을 드러낼 필요도 있다. 나이가 들면서 누군가에게 기대지 않으면 홀로 서지 못할 때도 있음을 깨달았다. 타인의 손을 빌리지 않고서는 해결할 수 없는 문제도 있기 마련이다.

내 친구이자 칼럼니스트 제인 수Jane Su 의 말에 따르면 마사지도 그중 하나. 결린 어깨를 혼자서 풀기는 어렵다. 어깨가 뭉쳤을 때 마사지를 받듯이 좋지 않은 말을 들었을 때도 누군가에게 후련히 털어놓으면 도움이 된다. 근육도 멘탈도 단단히 뭉쳐 있을 것이 뻔하므로. 친구, 점쟁이, 종교, 호스트나 호스티스(일본에서는 호스트와 호스티스가 우리나라처럼 음성적인 직업이 아니라 '접대 프로페셔널'로 인식되면서 직업으로 인정받는 분위기다_옮긴이) 등 뭉친 곳을 풀어 줄 사람은 저마다 다를 테지만 그들에게 '적당히' 의존할 수 있다면 더할 나위 없이 좋다.

어떤 사람은 부모가 퍼부은 '저주의 말'에 고통스러워하고 어떤 사람은 직장에 퍼진 루머 때문에 괴로워한다. 주위를 둘러보면 같은 세대 중에 저주의 말로 고통받는 사람이 많다. 누군가로부터 인간이 아닌 통제할 대상 혹은 쾌락을 위한 소모품으로 취급하는 말을 들었다면 불쾌한 감정을 확실하게 드러내고, 그 말이 자신에게 상처가 되었다는 사실을 스스로 명확하게 인지해야 한다. 자신이 그동안 무엇에 길들여져 왔는지 깨달을 때 비로소 고통에서 벗어날 수 있는 길이 보이기 시작한다.

*

자신을 지키려면 때로는 타인과 적당히 거리를 두

어야 한다. 나는 '모두와 사이좋게 지내라'는 학교에서의 가르침이 그저 아이들을 관리하기 위한 수단에 지나지 않았다는 사실을 어른이 되고 나서야 알았다. 단체 기합이라는 불합리한 벌칙과 모두가 보는 앞에서 눈물을 흘리며 잘못을 뉘우치게 하는 수치스러운 꾸짖음은 모두 교실의 질서 유지를 위한 편의적 방식이었을 뿐, 결코 학생들을 위한 훈육이 아니었다.

현실에서 모두가 사이좋게 지내는 일은 불가능하다. 누구나 싫은 사람은 있기 마련이다. 어른이 된다는 것은 그런 상대와 적절한 거리 두기를 배우는 일이기도 하다. 거리 두는 방식에 서툴면 자칫 상대에게 괴로움을 줄 수도 있다.

타인을 적절히 싫어하기 위해서 내 나름대로 세운 규칙이 몇 가지 있다. 이를테면 내가 싫어하는 사람이 가진 속성까지 싫어하지는 않기.

세상에는 누군가를 향한 미움을 정당화하고자 상대

가 지닌 다양한 특성을 통째로 부정하는 사람이 있다. '이래서 여자는' '이래서 ○○인은' '이래서 ○○ 출신은' 등등.

누군가를 싫어하는 마음은 사소한 문제나 자신의 취향 등 다양한 이유로 생긴다. 상대를 미워해야만 하는 필연성을 강조하기 위해 굳이 주어를 크게 부각할 필요는 없다. 모든 사람은 저마다의 속성이 있는데 정도의 차이는 있을지언정 어느 특정한 속성이 한 사람의 모든 것을 나타내지는 않기 때문이다.

만약 누군가를 싫어한다고 가정하자. 하지만 '○○인'이, '남자'나 '여자' 또는 '동성애자'까지 싫어진 것은 아니다. 우연히 그를 싫어하게 되었을 뿐. 누군가가 싫다는 이유로 그와 같은 특징을 가진 다른 사람까지 미워할 필요는 없다. 싫은 마음이 자칫 차별이나 괴롭힘으로 변질될 수 있다. '그 사람만' 싫어하면 충분하다.

주변인이 누군가를 함께 싫어해 주기를 바라지 않

는 것도 적절하게 싫어하는 기술 중 하나다. 모두가 내 마음 같지는 않다. 물론 다른 사람도 내가 싫어하는 대상을 똑같이 싫어하면 괜히 기쁘고 안도감을 느끼기도 하지만, 그렇다고 일부러 헐뜯거나 좋지 않은 소문을 퍼뜨리면서까지 내 주변 사람들이 그를 싫어하게끔 하지는 말자. 복수심이라는 일시적인 욕구는 채울지라도 '모두가 살기 좋은 사회'에서는 멀어지는 길이다.

무엇을 찬양하고자 다른 무엇을 깎아내릴 필요도 없다. 내가 싫어하는 어떤 것을 누군가는 좋아한다고 하여 그를 미워할 이유도 없다. 온당히 싫어하는 방법을 모색하면 타인을 부질없이 저주하지 않아도 된다. 저주는 때때로 부메랑이 되어 나에게로 다시 돌아온다. 심한 말로 다른 이를 부정하면 그 말이 언젠가는 자신을 옭아매는 족쇄가 된다.

가족이라면, 부부라면, 부모라면, 딸이나 아들이라면, 사회인이라면, 남자라면, 또는 여자라면, ○○인이라면 '이래야만 한다'고 규정하는 수많은 규범. 나와 전혀 상관없는 타인이 멀리서 내 인생을 함부로 평가하고 폄훼할 목적으로 그러한 족쇄를 채운다면 그것이야말로 '저주의 말'이 아닐까?

　나는 지금까지 어떤 규범으로 인해 저주받고 고통받아 왔는가. 규범이라는 족쇄에 묶여 자신과는 맞지 않는 상대와 억지로 관계를 맺고 있지는 않은가. 그렇다면 이제는 마음속의 짐을 내려놓아도 좋다. 그래도 짐을 내려놓기 버겁다면, 인간관계에도 지쳤다면 그저 좋아하는 영화나 한 편 보는 것도 괜찮다. 다른 이들과 경쟁하기 위해서가 아니라 자신만을 위한 언어를 만들기 위해서 말이다.

'저주의 말'에 대처하는 자세

 '저주의 말'에 대처하는 자세

신이시여,
오늘 하루도
열심히
살았습니다.

내일도 평온한
하루가 되게
해 주소서.

1.

부담 없이 술잔을
나눌 수 있는 친구가
항상 제 곁에
있어 주기를.

2.

'아, 나만 이렇게
힘든 게 아니구나.
다른 사람들도 힘들게
살고 있구나.' 하고
조금은 안심할 수 있기를.

3.

작고 귀여운 기쁨을 통해
용서할 수 없는 사람을
잠시나마 잊을 수
있게 되기를.

4.

제가 싫어하는
그 사람의 눈에
먼지가 들어가고
귀에 들어간 물이
나오지 않기를.

5.

제가 싫어하는
그 사람에게
벌이 꼬이게
해 주소서.

6.

만약 제 소원을
들어주신다면
2만 원 정도는 바칠 수
있습니다.

신이시여,
그럼 안녕히
주무세요.

7.

10

건강 게임에 눈뜨다

지금껏 나는 운동을 싫어한다고 생각하며 살아왔다. 그럼에도 지난날을 돌아보면 운동 자체는 나름 즐겼던 듯도 하다. 대단하지는 않지만 지금도 기억하는 장면들이 제법 있다.

스케이트를 처음 탔을 때 멈추는 법을 배우기도 전에 속도 내는 법부터 익힌 탓에 멈추려면 매번 벽으로 돌진해야 했던 일, 아동센터에서 열린 지역 탁구대회에서 우승했던 기억, 초등학생 때 친구들과 동네 수영장의 유수풀에서 "우리는 세상의 거친 물살에도 휩쓸리지 않아!"라고 외치며 물이 흐르는 반대 방향으로 헤엄치다가 감시원에게 혼났던 일, 보이스카우트에서 등산을 가서 커다란 주먹밥을 다 같이 나눠 먹었던 일, 밴드 멤버들과 농구를 하다가 꽤 어려운 장거리 슛을 우연히 성공시키자 '농구 좀 하네'라는 존경의 눈빛을 받았던 일, 방송부 선배들과 야구를 할 때 전 타석 안타를 쳤던 일. 그날만큼은 이상하리만치 내가 원하는 방향으로 공이 날아가 주었다. 동아리 대항 야구시합에서 내가 던진 공에 실수로 라쿠고(일본 전통 만담_옮긴이) 연구부 여학생이 맞자 라쿠고 부원들이 단체로 강력하게 항의했던 일.

이런 추억들을 떠올리면 지금도 후후 하고 웃음이 난다. 나쁜 기억을 떠올리며 이불 속에서 발길질하는 것보다 정신 건강에 훨씬 좋다. 운동선수들에게는 이런 흐뭇한 기억이 많이 있으려나? 부럽다.

＊

운동을 할 때 즐기기는 했지만 좋아하지는 않았다. 오히려 운동에는 소질이 없다고 생각했다. 대체 왜일까?

체육 시간이나 방과 후 특별활동, 운동회와 마라톤

대회 등 의무적으로 참가하는 행사에 대한 부정적인 생각이 있었기 때문인지도 모른다. 학교 체육 시간에는 학생들 틈에서 각자 체격이나 체력 차이가 그대로 드러나는 탓에 '운동 못하는 녀석'으로 낙인찍혀 비웃음을 사는 일이 여간 괴롭지 않았다. 게다가 나는 그중에서도 '유난히 못하는 녀석'이었다.

학년에서 세 번째쯤 둥그스름한 체형에 발은 느리고 체력도 약한 데다 싸움도 못해서 걸핏하면 운동부원들에게 괴롭힘을 당했다.

대학생이 되고 나서야 운동이 좋아졌다. 교내 체육관에는 다양한 트레이닝 기구와 수영장이 있었다. 기왕마련되어 있으니 한번 해 보자는 생각으로 시험 삼아 러닝머신 위를 묵묵히 달리자 기분이 상쾌했다. 어라, 뛰는게 원래 이렇게 즐거웠나? 이제껏 그저 힘든 일이라고만생각했는데…. 스스로 놀라면서도 달릴 수 있는 데까지달리면서 땀을 흠뻑 흘렸다.

내가 하고 싶을 때 할 수 있는 만큼 달리면 이렇게 기분이 좋다니! 그동안 운동을 싫다고만 여겼던 것이 후회스러웠다.

'남학생은 운동장 몇 바퀴' '마라톤 대회는 전원 10킬로미터'. 학교가 정한 획일적인 규칙 안에서는 선생님의 지시에 따라 몸을 움직여야 하므로 개인의 의사는 무시된다. 그러다 보니 스스로 선택해서 운동할 때 느끼는 기쁨은 좀처럼 맛보지 못했다.

운동을 즐기는 방법. 이 간단한 요령을 터득하지 못했던 나의 과거를 돌아보니 왠지 손해 본 기분이다. 운동의 중요성, 스트레스를 해소하는 방법, 필요한 정보를 얻는 기술이 내 몸에는 새겨져 있지 않았다.

우리는 인생을 즐길 권리가 있으며 인생을 즐기기 위해서는 요령이 필요하다. 게다가 이 세상은 생각보다 재미있는 곳이다. 조금 더 일찍 이런 깨달음을 얻었더라면 좋았으련만. 이제 와 후회해도 소용없다. 어른이 되고 나서 삶의 요령을 알려주는 친구가 생겼다는 점에 감사하고, 언젠가 나도 다른 누군가에게 도움을 줄 수 있다는 사실을 기뻐하기로 했다.

*

그건 그렇고, 요즘 들어 부쩍 살이 쪘다. 틀림없다. 한때 건강이 나빠 급격하게 살이 빠졌는데 요요 현상이 왔는지 갑자기 체중이 늘었다. 마치 부족한 영양분을 한꺼번에 저장해 두려는 듯 복부 주변에 튜브를 낀 것처럼 살이 붙고 얼굴에도 통통하게 살이 올랐다.

체형 변화는 둘째 치고 건강 상태가 나빠지게 둘 수는 없는 일. 그동안 잘 입고 다니던 옷이 몸에 맞지 않으면 낭비나 다름없다. 하지만 운동이나 식단 관리는 그저 귀찮기만 했다.

'운동해야 하는데…. 해야지.'

'내일부터 해 볼까…. 그래야지.'

'운동해야 하는데…. 해야지.'

건강 게임에 눈뜨다

'좀 귀찮은데⋯. 아, 정말 귀찮아.'

머릿속으로 생각만 하고 실제로는 아무것도 하지 않는 날이 이어졌다.

그러던 어느 날, 재미있게 근력운동을 가르쳐 주는 만화를 읽게 되었다. 몸의 어느 부분을 어떻게 움직이면 어떤 근육이 생기는지, 어떤 영양소를 섭취해야 좋은지 하는 식으로 운동 관련 지식만 늘어놓는 교과서적인 내용 대신 운동 방법과 효과에 관하여 논리적으로 쉽게 설명되어 있어 재미있게 읽었다.

게다가 유용한 앱도 알게 됐다. '카레라이스'나 '고등어 된장조림'처럼 그날 먹은 식단을 입력하면 내가 섭취한 영양소의 균형과 칼로리를 계산해 주는 앱이다. '빼빼로' '코카콜라' '세븐일레븐 치킨 샐러드'처럼 구체적인 식품까지 확인할 수 있어 편리하다.

또한 나의 운동 상태를 기록하는 기능까지 있다. 목표 체중을 설정하면 하루에 섭취해야 하는 칼로리는 물론 운동으로 소비해야 하는 칼로리를 수치로 알려준다. 아, 이건 딱 나를 위한 앱이야!

기록을 시작하자 한눈에 알기 쉬운 변화가 일어났다. 영양소를 필요한 만큼만 섭취하고자 음식에 신경 쓰면서 운동량도 늘었다. 몸무게와 체지방률 목표치를 설정하면 매일 일어나는 변화가 그래프에 표시된다. 노력의 결과를 수치로 확인할 수 있다는 점에서 강력한 동기 부여가 되었다.

생각해 보면 나는 정말 건강에 해로운 생활을 해 왔다. 아침에는 에너지바, 점심에는 초코파이 두 개, 밤에는 카레, 야식으로 또 초코파이 두 개. 옛날에는 스스로 '살이 잘 안 찌는 체질'이라는 말을 줄곧 해 왔는데 이건 그런 문제가 아니었다. 애초에 건강하게 살 생각은 있는지 의심이 드는 식단이었기 때문이다.

앱 덕분에 내 생활에도 변화가 찾아왔다. 마치 즐거운 게임을 하는 듯하다. '나'라는 캐릭터를 키우기 위해

건강 게임에 눈뜨다

열심히 경험치를 쌓고 적절한 아이템을 장착하는 일. 바꿔 말해 운동과 식사다. 레벨업의 기준은 체중과 체지방률. 시간이 지날수록 단순히 운동량과 식사를 기록하기 위해서라기보다 레벨을 올리기 위해 생활하는 느낌이 들기 시작했다.

예전에 포켓몬GO에 빠져 있던 시기에는 포켓몬을 잡기 위해 걸은 만큼 운동을 한 셈이었다. 이번에도 비슷하다. 게임을 하니 결과적으로 몸이 건강해진다. 알기 쉬운 방식으로 '게이미피케이션gamification'이 적용되었다고 할 수 있다. 게임의 원리를 가미한 커뮤니케이션을 통해 사용자가 자연스럽게 문제를 개선하도록 도와준다. 유레카!(알아냈다!)

*

요즘은 유튜브에도 요가와 스트레칭, 근력운동에 유산소운동까지 알려주는 영상이 넘쳐난다. 나는 어딘가에 꾸준히 다니기를 썩 좋아하지 않아서 항상 망설이는 편인데 지금은 요가 매트와 인터넷만 있으면 집 안에서도 맨몸 근력운동 정도는 그리 어려운 일이 아니다.

슬라이드 휠 복근 운동기구를 이미 가지고 있지만 좀 더 효율적으로 팔굽혀펴기를 하기 위해 푸시업바를 샀다. 기왕 시작한 운동인 만큼 가슴 근육이나 등 근육 단련에 좋은 고무 튜브도 함께. 덤벨까지 사려다가 좀 지나치다 싶어 2리터짜리 페트병에 물을 담아 두었다. 아침에 일어나면 먼저 체조를 한다. 가볍게 일한 다음 또 가볍게 운동하고 샤워를 마친 뒤에 점심 식사. 잠자기 전에도 가벼운 운동과 스트레칭. 물론 식사도 효율적으로.

식사 횟수가 적으면 오히려 지방이 쌓이기 쉽다고 한다. 운동선수들은 네다섯 번에 나누어 조금씩 먹는다고 들었다. 나는 프리랜서라 시간은 자유롭다. 그럼 한번 해 볼까?

'근육을 만드는 데는 단백질이 필요하니까 닭고기와 콩류, 계란은 빼놓을 수 없지. 앱으로 기록하다 보면 왠지 단백질을 더 섭취해야 할 것만 같다. 그럼 대형마트에서 간편하게 마시는 단백질 음료를 사자. 유산균이 중요하니 발효식품도 챙겨야겠지? 영양소가 풍부한 건과일은 무가당 요구르트와 찰떡궁합. 피로 해소에 좋은 아미노산은 물론 탄수화물도 적당히 필요하지. 오늘은 이런 식단으로 챙겨 먹고 대신 술은 좀 줄이자.'

이런 식으로 효율성을 계산하니 식사가 편해졌다. 매일 무얼 먹을지 고민해야 하는 '불필요한 의사 결정'은 최소한으로 줄이고 싶다.

냉장고를 열면 오직 효율성으로 고른 먹거리로 가득하다. 샐러드용 닭고기, 계란, 요구르트, 두부, 낫토, 냉동 채소 등이 가지런히 들어 있는 모습은 슈퍼마켓 식품 판매대를 방불케 한다. 아, 얼마나 실용적이고 아름다운가!

네다섯 번의 식사 중 세 번은 메뉴가 정해져 있다. 식단을 매번 정하기도 힘들 뿐더러 같은 음식을 먹어도 웬만해서는 질리지 않기에 이 방법이 편하다. 거창하게 요리를 만드는 일은 거의 없이 이것저것 한꺼번에 전자 레인지로 데운 다음 간단한 양념만 해서 곧장 뱃속으로 보낸다.

이왕이면 운동을 제대로 배우고 싶었다. 욕탕에 몸을 담근 채 근육 전문가의 유튜브 방송을 보거나 새삼스럽게 나카야마 킨니쿤なかやまきんに君(근육을 개그 소재로 사용하는 코미디언이자 보디빌더로 '킨니쿤'이라는 이름은 일본어로 근육을 뜻하는 '킨니쿠きんにく'에서 유래한다_옮긴이)에게 존경심을 느끼기도 했다. 거울 앞에 설 때면 '이쪽 근육을 좀 더 키우고 여기 있는 지방을 없애고….' 하며 혼자 이리저리 궁리했다. 집에서 하는 맨몸 운동은 한계가 있으므로 차라리 헬스장에 다녀 볼까 싶은 생각도 들었다.

그러다가 아차 싶었다. 과유불급!

＊

근육은 악마와 같다. 헬스장에 다니는 단계까지 가

면 분명 나의 미적 가치관도 영향을 받으리라. 근육질 몸매를 선망하고 근육이 돋보이는 옷만 골라 입게 될지도 모른다. 마치 연예인이 유명해진 후 운동을 시작하더니 어느 날부터인가 건강미 넘치는 모습으로 변해 가는 느낌이라고 할까. 물론 나쁘지는 않다. 오히려 건강에 좋은 일이다. 하지만 너무 뻔한 전개라 내키지 않는다.

나는 근육맨이 되려는 것이 아니라 건강해지고 싶을 뿐이다. 내가 생각하는 이상적인 몸은 적당히 탄탄한 잔근육 몸매이며 앞으로도 나는 예체능이 아닌 인문계열 울타리 안에 남고 싶다. 그래서 운동도 너무 지나치지 않도록 주의해야 한다. 목표를 세우는 대신 즐길 수 있는 범위에서 실행하는 편이 효과적이다.

가끔 운동하지 않았다는 자책감에 빠지기도 한다. 우울증이 도져 온종일 누워만 있다 보면 '일을 하지 못했다.' '밖에 나가지 않았다.' '운동도 안 했다.' 등등 나 자신을 책망할 거리가 늘어난다. 그럴 때면 운동은 어디까지나 게임이고 즐기기 위해서 한다는 사실을 머릿속으로 열심히 되뇌곤 한다.

그러는 사이 새롭게 출시된 닌텐도 스위치를 손에 넣었다. 그동안 운동하면서 느꼈던 게임적 쾌락을 진짜 게임기를 통해 충족하다 보니 운동량이 급격히 줄었다. 일도 원래의 방식대로 돌아갔다. 조화로운 삶은 정말이지 쉽지 않다.

20xx년.
정부는 국민들의
'적당한 운동'을
의무화했다.

1.

하루 운동량이
기록 장치로
관리되고,

2.

이를 어기면
국영 헬스장에
연행되었다.

3.

운동하지 않는 사람은
건강을 모독했다는
이유로 차별을 받았다.

글쎄, 남편이
운동 부족이라지
뭐야!

아유,
망측해라!

4.

운동을 싫어하는 사람들은
'운동하지 않을 자유'를
주장하며 시위를 펼쳤다.

5.

일부 '불건강주의자'
무리가 운동 시설
파괴 공작을 꾸미기도
했지만

6.

어차피 다들
운동 부족이라
금방 체포되었다.

7.

11

삶에 필요한 장소

나에게 '가고 싶은 장소'와 '가 보고 싶은 장소'는 의미가 조금 다르다.

　'가 보고 싶은 장소'라고 하면 이스터 섬이나 갈라파고스 제도, 그랜드캐니언, 마추픽추를 들 수 있다. 그런 곳에서 마음껏 자유를 즐기는 내 모습을 상상하면 기분이 좋아진다. 살면서 한 번쯤 그 멋진 풍경을 내 눈으로 직접 보고 싶다고 생각하지만, 그건 어디까지나 꿈과 같은 희망 사항일 뿐. 돈과 시간이 있으면 세계 일주를 하겠다거나 '이디로든 문'(《도라에몽ドラえもん》에 등장하는 비밀 도구로 어디든지 원하는 곳으로 갈 수 있는 문_옮긴이)이 있었으면 하는 상상과 비슷하다.

반면에 '가고 싶은 장소'는 내 마음속에서 구체적인 순서를 기다리고 있다. 언젠가 가려고 생각해 둔 장소. 언제가 될지는 모르지만 꼭 가야만 하는 장소. 우연히 본 영상이나 글 등 가려고 마음먹은 계기는 달라도 출발 전부터 이미 나에게 의미 있는 장소. 그런 곳을 방문하려면 사전 조사와 준비가 필요하다.

숙박 시설을 찾고 비행기와 열차 환승 방법을 조사하고 역과 공항의 이름을 확인하고 또 일정표를 짜야 한다. 짐을 꾸리기 위해서는 날씨를 확인하고 더운지 추운지 우비는 챙겨야 하는지도 생각해야 한다. 물론 모처럼 하는 여행이니 만큼 맛집이나 관광 명소를 알아보고 현지의 인삿말과 역사도 미리 공부해 둔다.

그런 뒤 실제로 방문하여 온몸으로 그 나라를 느낀다. 따뜻한 공기, 냄새, 거리 풍경, 맛, 사람들 사이의 유대감. 책이나 영상으로 본 것 이상으로 많은 정보가 입력되고, 그 체험들은 오롯이 내 안에 각인된다.

추억이 아닌 기억으로 간직하고 싶은 장소. 그런 장소에 가고 싶다. 그래서 짧게라도 휴가를 받으면 먼 곳으로 '취재'를 떠난다. 다른 이들에게는 휴가로 보이지 않겠지만 내게는 그 또한 업무라기보다 삶에 필요한 장소에 간다는 느낌이다.

＊

폴란드에 있는 아우슈비츠 - 비르케나우Auschwitz-Birkenau 강제수용소는 가고 싶은 장소 중 한 곳이었다. 나치 독일이, 혹은 인류가 저지른 일찍이 유례없는 반인륜적인 만행과 역사를 체험하고 가슴에 새기고 싶었다. 그런 이유로 2017년도의 휴가는 오롯이 독일과 폴란드를 방문하는 데 사용하기로 했다. 나치 독일에 관해서라면 내 라디오 프로그램에서도 가끔 다룬다. 독일에는 홀로코스트 기념비를 비롯해 작센하우젠Sachsenhausen 수용소 등 많은 시설물이 지금도 존재한다. 거리에는 나치 독일에 의해 희생된 이들의 이름이 새겨진 동판이 곳곳에 박

삶에 필요한 장소

혀 있다.

　라디오 스태프에게 아우슈비츠에 간다고 하자 그곳의 유일한 일본인 가이드 나카타니 다케시中谷剛 씨의 연락처를 줄 테니 만나 보라고 했다. 약속을 잡은 뒤 그가 쓴 책은 물론 홀로코스트 관련 서적도 열심히 읽어 두었다.

　홀로코스트란 제2차 세계대전이 시작된 이후 나치 독일이 유대인을 상대로 저지른 대량 학살을 말한다. 600만 명이 넘는 유대인이 학살당했다고 알려졌지만 정확한 희생자의 숫자는 알 길이 없다. 게다가 박해와 학살을 당한 것은 유대인만이 아니다. 장애인, 동성애자, 로마니romany(예전에는 집시로 불렸다)는 물론 전쟁포로와 정치범 등이 인권을 유린당하고 목숨을 잃었다.

　홀로코스트가 자행되는 동안 독일군이 점령한 여러 지역에 강제수용소가 만들어졌고 폴란드에는 여섯 곳이 넘는 절멸수용소가 세워졌다. 강제수용소는 강제 노역을,

절멸수용소는 대량 학살을 위한 곳이었지만 강제수용소에서도 굶주림과 병, 고문 그리고 처형 등으로 많은 사람이 목숨을 잃었다.

아우슈비츠는 독일군에게 점령당한 폴란드에 설치된 최초의 강제수용소였으며 새로운 수용소들이 세워진 뒤에는 절멸수용소가 되었고, 모든 수용소를 통틀어 규모가 가장 크다.

유럽에 가기 직전 크리스토퍼 놀란Christopher Nolan 감독이 제작한 영화 〈덩케르크Dunkirk〉가 개봉했고, 나는 제2차 세계대전 당시의 유럽 상황에 대해 좀 더 알고 싶어졌다. 다른 한편으로 일본의 정치인과 저명인사들은 예나 지금이나 나치 및 홀로코스트에 대한 이해도가 낮아 이 무렵에도 끊임없이 실언하는 모습이 왠지 나의 유럽 방문에 시의적절한 의미를 부여해 주는 듯해 조금 씁쓸했다.

폴란드는 9월인데도 벌써 날씨가 쌀쌀했다. 홋카이

도보다 북쪽에 위치한 탓에 해가 저물면 다운재킷을 입어야 했다.

크라쿠프에서 약 2시간 거리에 있는 오시비엥침. 바로 그곳에 아우슈비츠 수용소가 자리하고 있다. 폴란드 정부는 1947년에 수용소를 박물관으로 영구 보존하기로 결의했다. 오후에 박물관 입구에서 나카타니 씨와 만났다. 주변에는 나와 마찬가지로 나카타니 씨에게 안내를 받으려는 일본인이 20명 정도 모여 있었다. 모두 나카타니 씨에게 메일로 직접 연락해서 약속을 잡은 사람들이라고 했다.

나카타니 씨는 20년 이상 폴란드에 살면서 가이드로 일해 왔으며, 최근 그의 존재를 알게 된 일본인 관광객이 늘고 있다고 한다. 폴란드어나 영어가 아닌 일본어로 안내받을 수 있다는 사실에 감사했다. 그의 안내에 따라 아우슈비츠 제1 수용소, 비르케나우 제2 수용소를 견학하는 일정이었다.

나카타니 씨는 희끗희끗한 머리에 점잖은 풍모를 지녔고 안경 너머로 지적인 눈빛을 빛내면서 관광객들에게 천천히 친절하게 설명했다. 부드러운 목소리로 담담하게 사실을 전달하는 중간 중간 시국과 맞물리는 소재도 적절히 녹여 냈다. 그래서인지 안내를 듣는 사람들이 홀로코스트를 '과거에 일어났던 처참한 사건' 또는 자신과 동떨어진 이야기기가 아니라 일본인과도 연결된 비극적 역사로 인식하게 했다.

*

"먼저 입구를 살펴보겠습니다. 정문에는 'ARBEIT MACHT FREI'라는 문구가 걸려 있습니다. '일하면 자유로워질 수 있다'라는 뜻이지만, 실제로 강제노역을 인정받아 풀려난 사람은 아무도 없습니다.

문 양쪽으로 설치된 이중 철조망에는 400볼트나 되는 고압 전류를 흘려 보냈습니다. 수용소가 존재했던 4년 7개월여 동안 탈출에 성공한 사람은 거의 없습니다.

아우슈비츠가 왜 폴란드에 만들어졌는지 궁금하신 분도 계실지 모르겠네요. 정문에 걸린 문구는 물론이고 아우슈비츠라는 말도 독일어니까요. 그 이유는 바로 전쟁 중에 독일이 폴란드를 점령했기 때문입니다. 여러분이 이곳에 올 때는 '오시비엥침'이라는 지명으로 알아보셨을 겁니다. 그런데 독일인들에게는 이 발음이 어려워서 '아우슈비츠'라는 독일어로 이름을 바꾼 것이지요."

*

나카타니 씨는 수용소의 설계부터 수감자들의 생활, 학살 모습까지 자세히 설명해 주었다. 수용소 내부에는 홀로코스트의 역사적 경위를 설명한 패널과 기록 문서, 희생자들의 증언을 토대로 그려진 그림, 희귀한 사진 그리고 수많은 물품이 전시되어 있다.

유럽 각지에서 헤아릴 수 없을 만큼 많은 사람이 먹지도 마시지도 못한 상태로 화장실도 없는 열차에 실려 아우슈비츠로 이송되었다. 이송 도중에 열차 안에서 숨

진 사람도 많았다.《안네의 일기Het Achterhuis》를 쓴 안네 프랑크Anne Frank 역시 그런 열악한 열차를 타고 아우슈비츠에 보내졌다.

이곳에 도착한 수감자들은 곧바로 의사가 '선별'했고, 그중 75퍼센트가 노동 불능자로 분류되어 가스실에서 살해당했다. 14세 미만의 어린이는 소란을 피우면 귀찮다는 등의 이유로 엄마와 함께 죽임을 당했다.

박물관에는 유품들이 전시되어 있다. 안경, 목도리, 구두, 냄비, 접시, 칫솔, 의족 그리고 수많은 여행 가방. 수감자들은 결코 제 손으로 자신의 여행 가방을 다시 열지 못했다. 산더미처럼 쌓인 신발 속에는 아주 작은 신발도 몇 개 있다. 열 살도 채 되지 않은 아이들의 신발이다. 이 신발을 신고 있던 아이들도 엄마와 함께 가스실로 보내졌다.

수감자는 남녀를 불문하고 머리카락이 잘렸다. 가스실에서 살해당한 여성의 머리카락도 잘린 다음 봉투에 담

삶에 필요한 장소

겨 팔렸다. 직물이나 양복 안감 등의 소재로 사용되었기 때문이다.

사람들 몸에는 죄수 번호가 새겨졌고 개개인은 이름 대신 번호로 불렸다. 탈출할 때 눈에 잘 띄도록 흰색과 파란색 줄무늬 죄수복을 입혔다. 신발은 제대로 걷기도 힘든 목제 신발이었다.

죄수복의 팔에는 죄수 번호 말고도 색깔로 구분되는 표식과 문자를 부착했다. P는 폴란드인, T는 체코인, 검은 삼각형에 Z가 있으면 집시, 분홍색 삼각형은 동성애자 등등. 색깔 표식으로 구별되게 한 다음 한 공간에 뒤섞여 지내게 함으로써 수감자들 사이에 갈등을 일으키고 동지 의식을 갖지 못하도록 했다.

어떤 그림에는 덩치 큰 수감자가 체격이 작은 수감자를 신발로 때리는 모습이 묘사되어 있다. 수감자들은 하루 12시간 이상 일해야 했고 최소한의 식량만 지급되었다. 가혹한 수감 생활로 그들의 생존 기간은 2~3개월에 불과했다.

그 속에서 살아남고자 수감자 신분에서 간수가 된 사람들은 나치의 앞잡이 노릇을 했다. 간수는 배급되는 음식을 독점할 수도 있었다. 철저한 분할 통치가 이루어 졌다. 심지어 가스실에서의 학살마저도 같은 유대인이 실행하게 했다.

※

홀로코스트에서 박해받은 사람들은 재산도 집도 존엄도 이름도 생명도 그리고 마침내 존재까지도 지워졌다. 그러나 역사 속에서마저 사라지게 할 수는 없다며 많은 연구자가 홀로코스트와 마주해 왔다. 나카타니 씨도 역사를 증언하는 역할을 다하고 있다.

홀로코스트는 아돌프 히틀러Adolf Hitler 한 사람으로부터 시작된 것이 아니다. 더 중요한 사실은 나치가 독자적으로 시작한 일도 아니었다.

애초에 반유대주의는 오랜 시간에 걸쳐 독일에 뿌

리내렸다. 제1차 세계대전 후 독일 내에서 유대인을 향한 불만이 커지는 와중에 '유대인 때문에 독일이 졌다'라는 말이 퍼지기 시작했다. 그리고 그들은 역사를 왜곡 수정하기에 이른다. 독일은 전쟁에서 잘 싸웠지만 뒤통수를 맞아 패배했다는 논리였다. 다시 말해 유대인 등에 대한 배척은 나치가 시작한 것이 아니다. 헤이트 스피치hate speech(특정 집단에 대한 공개적 혐오 발언_옮긴이)와 역사 수정주의가 널리 퍼져 나치의 등장으로 이어졌다.

나치당이 결성된 시기는 1920년. '독일 혈통을 가진 사람'만 국민으로 인정하고 그 외에는 배척한다는 구호를 제창했다. 바꿔 말하면 '독일인 우월주의'와 '차별주의'가 합쳐졌다고 볼 수 있다. 나아가 유대인의 재산을 몰수하고 권리를 박탈하는 정책을 착착 진행했다.

"만약 거리에서 헤이트 스피치 데모가 일어났다면 우리는 지금 헤이트 스피치와 홀로코스트 사이 어디쯤 서 있는지 알기 위한 척도가 필요합니다. 그리고 그 척도는 바로 역사를 정확하게 아는 것입니다."

나카타니 씨가 안내 도중에 던지는 한마디 한마디는 모두 깊은 의미를 가지면서 동시에 현대사회를 돌아보는 데 필요한 메시지를 주었다. 유럽에 다녀온 이후로 내 주변에서 일어나는 차별이나 역사의 눈속임에 맞설 각오를 다지게 된 것만 같다.

나카타니 씨의 저서《홀로코스트를 다음 세대에 전하다ホロコーストを次世代に伝える》에는 아우슈비츠 생존자였으며 오랫동안 아우슈비츠 박물관 관장을 지낸 카지미에시 스몰렌Kazimierz Smoleń 씨의 말이 실려 있다.

"당신들에게 전쟁의 책임은 없다. 하지만 전쟁을 반복하지 않을 책임은 있다."

그 말이 내 몸과 마음에 깊이 스며든 여행이었다.

삶에 필요한 장소

다들 충치의 통증이나
무서움에 대해서는
지겨울 만큼
말해줬지만

4.

충치가 무엇인지,
어떻게 하면 충치가
생기지 않는지는
아무도 알려주지
않았습니다.

5.

그러고 보니
정말 그렇네요.
'양치질 지도
선생님'이
필요하겠군요.

6.

그보다는
미워하는 게
먼저 아닐까요?

아뇨,
배우는 게
먼저 같아요.

7.

이곳저곳 걸으며 이야기를 듣다

2017년 연말은 서울에서 보냈다. 연휴를 이용한 여행이었다. 여행 한 달 전, 내가 진행하는 라디오의 프로듀서에게 생일 선물을 받았다. 프로급 IC 녹음기. "이게 있으면 언제든지 취재할 수 있을 것 같아서요." 그는 그렇게 말했다. 선물을 주는 사람과 받는 사람의 니즈가 이렇게 일치하는 일도 흔치는 않을 텐데.

나는 휴가가 생기면 그 시간을 오롯이 '인풋'하는 데 쓰는 사람이다. 여행은 무언가 배울 수 있는 곳으로 가고 싶다. 독서는 무언가 유익한 내용이 담긴 책 위주로 읽는다. 사축社畜이 아니라 개축個畜이다. 온오프의 구분 방법 따위는 관심 없다.

이곳저곳 걸으며 이야기를 듣다

이제껏 그렇게 살아왔건만 역시 나이와 지병은 무시할 수가 없다. 건강이 재산이고 체력은 유한하다는 사실을 새삼 절감하고 있다. 모처럼 얻은 휴가였고 일이라는 의무감을 끌어안은 채 마모되고 싶지는 않았다. 그래서 궁리한 끝에 《세계를 간다地球の歩き方》를 챙겨 가기로 했다. '나는 어디까지나 여행을 하고 있을 뿐 취재하러 온 게 아니야. 이것 봐. 여행 가이드북도 있잖아.' 마치 가이드북이 여행의 증거라도 된다는 듯이. 사실상 아무것도 증명할 수 없겠지만 내 나름의 면죄부인 셈이다.

이른 아침 비행기를 타고 몇 시간 후 한국에 도착했다. 이렇게나 가깝다니! 곧장 호텔에 체크인하고 지도를 펼친다. 호텔에서 그다지 멀지 않은 서울 시내에는 뭐가 있을까. 음…. 전쟁박물관에 한번 가 볼까. 잠깐, 안중근 의사 기념관이라는 곳도 있네. 일본대사관 앞에는 '위안부' 소녀상이 있으니 안 갈 수 없지. '위안부'였던 여성들이 생활하는 나눔의집(일본군 '위안부' 역사관)에도 가 봐야겠군. 배우고 싶은 욕구가 물밀듯이 밀려온다. 바캉스 느낌이 나는 여행은 아니더라도 이래저래 새로운 경험을 한다는 사실에 마음이 설렜다.

*

안중근. 일본의 교과서에서는 살짝 언급만 하는 정도라 '이토 히로부미伊藤博文를 암살한 인물'이라는 것 외에 별로 알려진 정보가 없다. 그는 일본에서는 테러리스트, 한국에서는 독립에 몸 바친 영웅이다.

안중근 의사 기념관에는 그의 생애와 시대 배경에 대한 설명뿐 아니라 이토 히로부미의 죄상에 대한 해설을 비롯해 암살 장면과 그 후 재판 모습을 재현한 밀랍 인형까지 설치되어 있다. 이토 히로부미는 지배자, 안중근은 저항자. 역사에 관한 서술이 입장에 따라 완전히 달라질 수 있다는 사실을 실감한다.

그러고 보니 이토 히로부미도 존왕양이尊王攘夷 운동(일본 에도시대 말기에 일어난 외세 배격 운동_옮긴이)에 적극적으로 가담하여 영국 공사관 방화 사건에 관여하기도 했다. 미국과 영국에서도 그에 대한 평가는 엇갈리는 듯하다.

마침 기념관에 있던 한 여성 관람객이 말을 걸어왔다. 어디서 왔는지 묻기에 일본인이라고 답했더니 "오⋯ 쏘리"라며 약간 겸연쩍은 얼굴을 했다. 그 어색한 기분, 나도 잘 알아요. 그렇다고 우리가 각자의 나라를 대표하는 것은 아니니까 크게 마음 쓰지 말았으면 해요.

이야기를 들어 보니 한국 교과서에서도 안중근 의사에 관한 내용은 조금밖에 실려 있지 않아서 그녀도 기념관에 와 보기 전까지는 안중근 의사에 대해 자세히 몰랐다고 한다. 우리는 두 나라가 서로를 더 알아 가야 하지 않겠느냐는 말을 주고받으며 헤어졌다. 기념관에서 이런 대화를 나눌 수 있었던 일 자체가 감사할 따름이다.

어색함에 대해 말하자니 공항에서 시내로 나오는 지하철에서 있었던 일이 생각난다. 차내 광고 화면에서 '독도는 한국 땅'이라고 설명하는 영상을 봤다. 그다음에는 평창 올림픽 홍보 영상이 나왔다. 왠지 모르게 멋쩍은 기분을 느끼며 예전에 홋카이도에 갔던 기억이 떠올랐다.

홋카이도에는 다양한 공공시설에 '북방 영토를 반환하라'('북방 영토'란 일본이 쿠릴 열도를 부르는 명칭이다. 일본과 러시아는 러시아가 점유하고 있는 남쿠릴 열도 4개 섬을 둘러싸고 영유권 분쟁 중이다_옮긴이)는 메시지가 걸려 있다. 그걸 본 러시아인 중에도 분명 나처럼 겸연쩍어지는 사람이 있었으리라.

그건 그렇고 서울 시내에는 공항에도 지하철에도 일본어 표기나 음성 안내가 곳곳에 설치되어 있다. 한글을 전혀 읽지 못하는 나도 영어와 일본어 표기를 보고 문제없이 전철을 갈아탔다. 정치 문제와는 별개로 오가는 사람들의 니즈에 맞춰 다양성에 대응해 나가는 것은 어느 나라나 마찬가지다.

*

기념관을 다 둘러본 다음 일본대사관까지 걸어갔다. 대사관 앞에는 영상과 사진으로만 보았던 '위안부' 소녀상이 있었다. 그 앞을 지나가려는데 마침 한국의 젊은이들이 시위를 벌이고 있었다.

한 학생에게 말을 붙이자 놀랍게도 일본어 대답이 돌아왔다. 그녀의 말에 의하면 시위를 하는 젊은이들은 연합 동아리에 소속된 대학생들이었다. 한일 '위안부' 합의 과정을 비판하고 역사 문제를 생각하는 동아리라고 했다. 그들은 자신들이 '위안부' 문제에 대해 항의하는 이유는 제국주의와 식민주의를 비판하기 위해서이지 일본을 비판하려는 의도가 아니라고 했다. '위안부' 제도는 군사적인 이유로 여성의 인권을 짓밟았으며, 지금에 와서는 정치적 합의라는 형태를 통해 잘못된 역사가 반복되고 있고, 자신들은 그 점을 문제시하고 있다는 것이다. 그러므로 일본 정부뿐 아니라 합의를 진행한 박근혜 정권과 그 뒤에서 한국 정부를 압박한 미국 정부에 대해서도 반대의 목소리를 높이고 있다고 했다.

'위안부'란 1932년에서 1945년 사이 일본 육·해군이 만든 성욕 해결 시설 '위안소'에서 강제로 일했던 여성을 일컫는다. 위안소는 강간 방지(반일감정 억제), 성병 예방, 위안 제공, 스파이 차단 등의 목적으로 만들어진 곳이다. 오직 군사 목적으로만 만들어졌으며 인도적인 관점은 철저히 배제되었기 때문에 그곳에서 일했던 여성들은 모든 자유를 빼앗겼다.

현재 일본의 기능실습제도(체류 자격이 있는 개발도상국 출신의 노동자들이 일본 기업에 취업하여 기술과 지식을 배우는 제도로 출발했지만 임금 체불, 최저임금 미만의 급여, 인권 유린 등 사회문제가 발생하고 있다_옮긴이)나 JK비즈니스('JK'는 여고생을 뜻하는 일본어의 영어식 줄임말로 여고생들이 교복 차림으로 손님을 접대하는 형태의 유흥 서비스를 말한다_옮긴이)가 국제적으로 비난받는 이유는 노동자의 다양한 자유가 침해받고, 보호받아야 마땅한 존재인 미성년자들이 성 노동에 내몰리기 때문이다. 다름 아닌 '노예 상태'라는 비난이 쏟아지고 있는 이유다. 일본군 '위안부' 제도 역시 인간의 자유가 침해당한 '성노예 상태'였다.

이곳저곳 걸으며 이야기를 듣다

'위안부'가 문제로 떠오르기 시작한 1990년대 이후 역사 연구 및 인권 연구는 크게 발전했다. 연구 활동을 하는 사람들의 문제의식은 저마다 다를 수 있지만, 이제 '위안부' 문제는 전시 성폭력 문제로 자리매김했다. 전시 성폭력을 경험한 나라는 적지 않다. 그래서 각국의 역사학자와 페미니즘 활동가들이 연대하여 이 문제를 해결하기 위해 노력하고 있다.

뉴스를 통해 이런 문제를 접할 때면 나도 모르게 일본인 관점에서 한국의 움직임을 어떻게 봐야 할지 고민하게 된다. 하지만 이건 국가와 국가만의 문제가 아니다.

역사상 일어난 수많은 인권침해를 어떻게 바로잡으면 좋을까? '지금 내가 속해 있는 집단'이라는 틀에 갇히지 않기 위해 다양한 장소에서 많은 이야기를 듣는 일이 중요하다고 생각한다.

*

이틀째. 일본에서 출발하기 전에 유일하게 예약해 둔

일정이 'DMZ' 방문 투어였다. DMZ란 'Demilitarized Zone'의 약자로 북한과 한국 사이의 비무장지대를 뜻한다. 개성공업단지나 판문점 등 군사분계선 주변에 있는 시설은 종종 뉴스의 무대가 되고 있다. 내가 방문하기 직전에도 북한 병사가 탈북했다는 소식을 들었다.

투어에서는 곳곳이 지뢰밭인 군사분계선 부근의 모습을 비롯해 북한이 한국 영토까지 이어지도록 파 놓은 땅굴 내부도 볼 수 있었다. 이런 지역을 둘러보면 한국은 아직 전쟁이 끝나지 않은 휴전 상태라는 사실을 피부로 느낀다.

한국에는 징병제가 있는데 약 2년이라는 오랜 기간과 턱없이 낮은 수준의 급여가 정치적인 문제로 대두되어 문재인 정권이 들어서면서 징병제를 둘러싼 공론화 논의가 주목을 받았다. 2017년 당시 군에 막 입대한 이등병의 급여는 월 약 17,000원으로 놀랍도록 적은 액수였다. 징병제는 청춘의 세월과 직업상 커리어에도 영향을 끼치는 데다 아들을 둔 부모에게는 걱정거리가 아닐 수 없다.

여행 가이드 정 씨는 징병제가 한국 사회에서는 안전보장상의 문제인 동시에 일상생활과 밀접한 문제라고 설명했다.

"검문소에 도착하면 여러분의 여권을 검사합니다. 그때 검사하는 군인의 얼굴을 잘 살펴보세요. 대부분 대학생 정도로 보이는 앳된 모습일 거예요. 제 아들도 내년에 징병 신체검사를 받아야 하는데, 한창 혈기 왕성하고 하고 싶은 것도 많은 시기에 군대에 가야 하는 거죠."

징병제가 일상생활이나 경제활동에 끼치는 영향 때문에 의무 복무 기간을 축소하거나 모병제로 바꾸기를 원하는 사람도 적지 않다고 한다. 전쟁이나 군사적 긴장은 사람들의 생활 곳곳에 참으로 많은 영향을 주고 있다.

DMZ에서 서울로 돌아와 고기와 함께 술을 즐겼다. 가게 주인이 소주와 맥주를 섞어 주었는데 그게 또 묘한

맛이 있어 몇 병이나 마셨다.

여러 종류의 술을 만끽하고 호텔로 돌아오니 직원이 미안하다는 표정으로 호텔 전체의 난방과 샤워 온수가 고장이라고 했다. 아, 이런. 고기와 술 냄새에 찌들어 잠자리에 들어야 한다는 말인가. 게다가 뼈가 시릴 만큼 추웠다. 서울의 겨울은 도쿄보다 10도 정도 기온이 낮아 최저기온이 빙점 이하로 내려간다. 직원은 고장 난 난방 대신 사용하라며 전기난로를 건넸다.

샤워도 하지 못한 채 두꺼운 옷을 껴입은 다음 전기 난로를 켜고 눈을 붙였다. 그로부터 몇 시간 뒤 땀범벅 상태로 잠에서 깼다. 아악, 더워! 호텔 방의 온도계를 보니 무려 35도. 내 방의 온풍기만 정상이었는지 뜨거운 바람이 마구 나오고 있었다. 김치와 마늘에 술까지 진탕 마신 뒤라 땀이 뻘뻘 흘렀다. 추운 게 아니라 너무 더워 탈수 증상이 나타날 지경이었다. 놀라서 황급히 창문을 열었는데 안팎의 기온차는 약 40도 이상. 히트 쇼크heat shock

가 오지 않은 게 천만다행이었다.

*

삼 일째. 다른 호텔에서 샤워하고, 한국에 도착하면서 연락해 두었던 나눔의집을 방문했다. 일본군 '위안부' 역사관을 견학한 다음 이곳에서 10년 가까이 자원봉사를 하고 있는 일본인을 만나 이야기를 나누었다.

일본에서도 많은 사람이 찾아오지만 2015년의 한일 '위안부' 합의 이후 방문자 수가 줄었다고 한다. 일본 미디어 중에는 자신의 발언 일부를 편집해서 종종 악의적인 보도를 내보내는 곳도 있으며, 때때로 우익단체가 협박하거나 폭력적인 메일과 편지를 보낸다고도 한다. 여전히 계속되는 비난의 목소리를 마주해야만 하는 상황을 알게 되었다.

그렇지만 정부 대신 사과하고 싶다는 양심적인 일본의 젊은이를 '위안부' 할머니가 "당신이 한 일이 아니지 않냐"라며 다독여 주는 일도 있다고 한다. 원래 부정적인 입장에 있던 우익 학생이 실제로 할머니들과 이야기를 나눈 후 생각을 바꿔 변호사가 되었다는 이야기 등 역사를 안내하는 일이 갖는 의미와 보람찬 순간들에 대해서도 들을 수 있었다.

여행지에서 다양한 안내인을 만나고 그때마다 조금씩 깨우침을 얻는다. 실컷 걷고 실컷 먹고 실컷 듣는다. 그러는 사이에 경험은 나의 영양분이 되고 내 앞에 더 넓은 세계가 펼쳐지는 것 같다.

---

* 참고: '위안부'라는 표현은 일본에서 만든 용어로 일본의 만행을 은폐하고 미화하기 위해 그들이 교묘하게 만든 전시 선전 용어다. 피해자 입장에서 올바른 표현이 아니지만 역사적 실재성을 드러내기 위해 사용되고 있고, 따라서 '위안부'라는 말이 역사적 용어로 사용됨을 알리기 위해 작은따옴표를 붙여 썼다.

이곳저곳 걸으며 이야기를 듣다

내 이름은 깨비.
직업은 학생.
저는 지금 세계를
여행하고 있어요.

1.

할아버지가
도깨비섬 출신이라
어려서부터
이러저런 이야기를
들으며 자랐지요.

우리 도깨비들이
옛날 옛적에 무슨
일을 했는지, 또
무슨 일을 겪었는지
궁금해졌습니다.

2.

다양한 입장이
존재하는 만큼
다양한 의견이
있어요.

3.

여행지에서
늦대 친구를
사귀었어요.

늦대 친구도
'정체성'을 찾는
여행 중이라고 해요.

4.

왠지 알 것 같아.

늦대는 워낙
이미지가 나빠서
내가 샐러드 같은 걸
먹으면 다들
얼마나 놀라는데.

사람들이 나만 보면
'도깨비 방망이'
보여 달라고 하잖아.

5.

세상의
바뀐 부분과
바뀌지 않은
부분.

그 속에서
각자의 미래를
찾아가기로
했답니다.

6.

얼마 전
친구에게서
선물이 왔습니다.

도깨비 빤스····.

세상에는
더 많은 대화가
필요한가 봅니다.

7.

택시와 인생

어려서부터 탈것이라면 딱 질색이었다.

집에 자가용이 없었던 탓에 자동차를 타는 경험 자체에 익숙하지 않은 상태로 초등학생이 되었다. 초등학교에 들어가면 소풍이나 견학 또는 숲속 교실과 수학여행 등등 버스를 타고 가는 행사가 갑자기 많아진다.

버스 이동, 그것만큼 우울한 일이 또 있을까. 내 몸은 버스를 격하게 거부한 나머지 버스에 한 발짝만 올라도 속이 메스꺼워질 정도였다. 내 콧가에 맴도는 버스 특유의 축축한 온기도 무척이나 싫었다.

그 모든 걸 떠나서 애초에 친구가 없다 보니 앉을 자리를 정할 때부터 기운이 빠졌다. '바스가스바쿠하츠バ

スガス爆発'(버스 가스 폭발이라는 뜻_옮긴이)라는 빠른말 놀이 문
장을 알게 된 이후로는 버스가 출발하기 전에 그런 일이
일어나 주기를 진심으로 바랐다.

고등학생 시절 텍사스로 단기 어학연수를 간 적이
있는데 그곳에서도 몇 번이나 버스를 타야 했고 그때마
다 속이 울렁거렸다. 버스 기사에게 "오, 오바이트, 오바
이트 어게인." 하고 말했더니 그가 상냥하면서도 동정 어
린 표정으로 내 배를 쓰다듬어 준 기억이 난다. 내 인생
에서 처음으로 현지에서도 통하는 영어를 구사한 순간
이었다. 몸 상태는 거의 죽을 지경이었지만.

살면서 백 번 이상 멀미를 한 것 같다. 전철을 타기
조차 힘들던 때도 있었다. 그때의 기억은 불쾌한 감정만
떠오르게 한다.

보통 괴로운 순간에는 단순한 말밖에 나오지 않는
다. "이젠 무리야." "힘들어." "괴롭다." "무, 물 좀…." 그래
서 버스를 타면 주로 양호선생님 옆자리에 앉거나 앞쪽

에 비어 있는 자리 두 개를 차지하고 누워서 친구들이 즐거워하는 소리를 듣고 있기만 했다. 만약 야외 수업 참여가 선택제라면 나는 분명 매번 결석했을 터였다.

그랬던 나도 어른이 되어 면허를 취득했고, 몇 번 운전해 보니 자동차 이동이 즐거워져 다른 사람이 운전하는 자동차에 타는 일에도 점점 익숙해졌다.

*

요즘은 업무 특성상 거의 매일 택시를 이용한다. 한밤중까지 라디오방송국에서 일하다 보면 돌아갈 시간에는 이미 전철이 끊겨 있기 때문이다.

택시 기사도 다양하다. 말하기 좋아하는 사람, 과묵한 사람, 베테랑, 신입 등등. 나는 그중에서도 말수가 적고 길을 잘 알며 부드럽게 운전하는 사람이 좋다. 업무 중간 중간에 택시로 이동할 때도 많아서 그 잠깐의 휴식도 만끽하고 싶다.

다만 취재차 간 곳에서는 택시 기사와 말을 나누는

일이 즐겁다. 전에 히로시마에서 택시를 탔는데 갈 때는 피폭자, 올 때는 피폭 2세 운전기사를 만나 짧은 시간이나마 그분들의 인생사를 듣는 귀중한 경험을 했다. 오바마 대통령 당선 후 시카고를 찾았을 때는 흑인 택시 기사가 매우 기쁜 듯 오바마와 관련된 이야기를 해 주었고, 프랑스에서 만난 일본계 이민 2세 택시 기사에게서는 그 아버지의 인생에 대해 들을 수 있었다. 택시 안에서만 느끼는 묘미가 있다. 도쿄 이외의 지역에서 송출되는 라디오를 카스테레오로 듣는 일도 나름 즐겁다.

반대로 곤란할 때도 많다. 무지막지한 속도로 난폭하게 운전하는 사람, 차간거리를 너무 바짝 좁히는 사람, 버릇처럼 클랙슨을 울리는 사람. 말하자면 운전이 너무 거칠어 심신이 고달파진다. 급출발과 급정거로 몸이 앞뒤로 쏠리고 이리저리 흔들리면 견디기 힘들다. 몇 번 그러면 멀미가 시작된다.

한번은 이 모든 악조건에 말투마저 거친 택시 기사

를 만난 적도 있다.

"지금 정치는 바보 같은 놈들이 바보짓을 하면서 국민을 바보 취급하고 있어요. 에라, 바보들." "저 바보 같은 차가 자꾸 꾸물대고 있네. 빨리 가라니까!" "해 뜰 때쯤 신주쿠에 있으면 바보 같은 여자들이 술이 만땅으로 취해서 차에 타려고 하니까 귀찮아서 보고도 못 본 척해요. 바보 같은 것들." "며칠 전에 코미디언을 태웠는데 코미디언이라면서 웃기지도 않고. 바보인지 뭔지."

거의 모든 말이 '바보'로 시작해서 '바보'로 끝났다.

나는 다른 사람 험담을 듣는 게 힘들어 누군가에 대해 노골적으로 드러난 악감정과 마주하면 몸 안의 에너지가 소진되는 느낌이다. 지인과 함께하는 술자리에서는 물론 인터넷에 익명으로 쓴 글을 읽을 때도 마찬가지. 더군다나 택시 기사는 생판 모르는 사람인 데다 택시는 밀폐된 좁은 공간이다. 혹시라도 내가 무슨 말을 하면 그 이야기도 소재거리가 되어 여기저기에 퍼지지 않을까 나도 모르게 방어적이 된다. 여차하면 아무리 피곤해도 행동을 조심하거나 중간에 내려 달라고 해야 한다. 하지만 내가 누군지 알려지면 인터넷에 악플이 달릴지도 모른다는 등 이런저런 생각을 하니 속이 울렁거려 지인에게 '택시는 너무 힘들다'는 문자를 보냈다. 내가 느끼는 괴로움을 실시간으로 전했을 뿐이지만 덕분에 마음이 조금은 편해졌다.

*

여느 날처럼 집으로 돌아가던 길에 생긴 일이다. 고속도로를 달리는 택시 안에서 운전기사 얘기에 맞장구를 치고 있는데 시야가 확보되지 않는 커브 길에 두 대의 차량이 멈춰 있는 것이 보였다. "앗, 손님 죄송합니다. 저도 이건 못 피할 것 같아요!" 택시 기사의 말에 앞차에 곧 부딪친다는 사실을 깨닫고는 괜찮다고 답했다.

급하게 속도를 줄이는 데에는 성공했지만 우리 택시는 천천히 앞차를 들이받았다. 이게 대체 무슨 일인가 싶어 상황 파악을 하려는데 피투성이의 남자가 앞쪽에서 달려 나왔다. 화려한 꽃무늬 셔츠에 빡빡머리. 뭔가 큰일이 났다고 생각한 순간, 그 남자는 중앙분리대를 뛰어넘어 고속도로 옆 비상계단으로 도망갔다. 잠시 뒤 멈춰 있던 두 대의 자동차 중 앞차가 먼저 출발했다. 아무래도 이번 추돌 사건이 남자의 부상 때문은 아닌 듯했다. 맨 앞차가 급정거하는 바람에 두 번째 차도 갑자기 멈춰섰고, 다음으로 우리 택시가 부딪친 것이다. 하필 그 타이밍에 선두에 있던 차에서 피투성이 남자가 도망쳐 나온 상황 같았다. 야쿠자 간의 싸움이 분명하다.

택시 기사는 놀라서 얼어붙은 모습. 차 안에 계속 있기도 위험할 듯하여 일단 차에서 내려 앞차 운전자에게 갔다. 112에 신고했는지 물었더니 아직이라기에 서둘러 경찰에 전화를 걸었다. 택시 기사에게 발연통으로 연기를 피워 달라고 요청했지만 "어떻게 하는 거더라…." 하며 난감한 표정. 결국은 내가 발연통을 꺼내 차도에 놓았다. 하지만 그것도 잠시. 굉장한 속도로 달려오던 트럭이 발연통을 치는 바람에 불이 꺼졌다. 앞이 잘 보이지 않는 커브길이라 2차 사고의 위험이 있었다. 하는 수 없이 앞차 운전자에게 발연통을 빌려 다시 연기를 피웠다.

또 다른 사고가 생기기 전에 자동차를 갓길로 옮긴 다음 모두 함께 중앙분리대의 가드레일 안으로 몸을 피했다. 얼마 뒤 경찰이 왔지만 택시 기사는 회사에 전화하느라 정신이 없는 탓에 내가 경찰에게 상황을 설명했다. 택시를 타고 가다가 사고가 나면 원래 이렇게 승객이 직접 나서는 걸까? 하긴 비상시에 운전기사냐 승객이냐 하는 문제는 별로 중요하지 않을 수도 있다.

사고 처리가 마무리되자 고속도로를 빠져나왔다. 운전기사는 택시를 길가에 세우더니 다시 회사와 통화를 이어갔다. 전화기 너머 목소리가 하도 커서 대화 내용이 다 들렸다. "고속도로에서는 나왔어? 부딪친 차주랑 제대로 합의해 두어야 나중에 배상 문제로 골치 안 썩는데. 차 상태는? 경찰에도 잘 얘기했지?"

돌발 상황에 능숙하게 대처하지 못한 택시 기사는 전화 상대에게 계속 이렇게 저렇게 변명했다. 통화가 시작된 지 20분 정도 지났을까? 저쪽에서 승객은 어떻게 돌려보냈는지 물어봤고 택시 기사는 차 안에 있다고 대답했다. "아직도 차에 계신다고?!" 놀란 목소리가 전화기 너머로 울렸다.

이야기는 나중에 하고 일단 승객을 돌려보내라는 지시를 받은 택시 기사는 우여곡절 끝에 나를 집까지 데려다주었다. 집에 가는 길에 앞으로 벌점을 1점만 더 받으면 면허가 정지된다는 둥 이제 어떻게 해야 할지 모르겠다는 둥 한탄을 늘어놓는 그에게 승객의 안위를 걱정할 여유는 조금도 없어 보였다. 하루빨리 인공지능 자동 운전 기술이 보급되어 사고가 나지 않으면 좋으련만. 그렇게 되면 조금이라도 불행이 줄지 않을까 상상하는 일 말고는 할 수 있는 것이 없었다.

그 뒤로는 택시에 탈 때마다 안전띠를 매는 습관이 배었다. 자신의 운전이 미덥지 않아서 안전띠를 매는 거냐고 묻는 택시 기사도 있다는 사실에는 좀 놀랐지만.

*

택시 승차에도 복불복이 있다. 손을 들어 택시를 잡을 때마다 부디 좋은 운전기사를 만나게 해 달라고 속으로 기도한다. 겉모습만 보고서는 어떤 택시가 편안한지 알 길이 없으므로. 지금껏 숱한 경험을 해 왔지만 안전하게 운전하고 말투도 상냥하며 길도 훤하게 알아서 무척 안심되는 택시 기사도 많았다.

내 라디오 청취자라는 운전기사를 만나는 일도 아주 가끔 있다. 뒷자리에 앉아 택시 기사와 대화를 나누다 보면 "그 목소리 어디서 많이 들었는데…. 혹시 오기우에 씨 아니에요?" 하는 질문을 받는다. 그렇다고 대답하면 '라디오 잘 듣고 있다'며 열띤 대화가 시작된다. 무슨 에피소드가 좋았는지, 어떤 게스트를 좋아하는지 등등. 대화가 이어지는 동안에는 황송해서 몸 둘 바를 모르게 된다.

내 크고 작은 동작 하나하나가 조심스러워지는 나머지 스마트폰을 들여다보기도 망설여지고 앉아서 졸지도 못한다. 그럴 때는 우수에 젖은 눈빛으로 창밖을 바라보는 분위기를 연출한다. 마치 세상사를 근심하는 듯한, 그리고 창밖 풍경을 통해 세태를 읽어 보겠다는 듯한 표정을 지은 채 목적지까지 간다.

아니면 열과 성을 다해 방송과 관련된 뒷이야기를 하기도 한다. 택시에서 내리며 '앞으로도 잘 들어 달라'는 인사까지 하고 나면 기진맥진한 채로 집을 향해 걷는다. 나는 원래 낯가림이 심하다. 정말 감사한 일이지만 그래도 힘든 건 어쩔 수 없다.

*

태풍이 불던 어느 날, 아주 친절한 택시 기사를 만났다. 목적지로 향하는 도중 전화가 울렸다. 운전 중이니 안 받겠지 생각하는데 택시 기사가 물었다. "손님, 죄송하지만 좀 급한 연락이라 잠시 전화를 받아도 될까요?"
그는 차를 세우더니 절박한 목소리로 말하기 시작했다.

"여보세요? 자넨가? 통화가 되어서 천만다행이네. 비가 많이 오니까 무리하지 말고, 오늘은 비탈진 곳을 피해서 텐트를 치고 거기에서 자도록 해. 비가 그쳐도 날이 밝을 때까지는 절대 하산하면 안 돼. 핸드폰 배터리도 아껴 쓰고. ○○한테도 체온 유지하라고 말해 주게. 괜찮을 거야. 당황하지 말고."

전화 내용으로 보아 딸 부부가 등산에 나섰다가 느닷없는 폭우에 산에서 내려오지 못하고 있는 상황 같았다. 택시 기사는 등산 경험이 많은지 머뭇거리는 기색 없이 할 일을 척척 알려주고는 전화를 끊었다. 그런 뒤 기다리게 해서 죄송하다는 말과 함께 마치 아무 일도 없었다는 듯 다시 조심스럽게 차를 몰았다.

도쿄에 기록적인 폭설이 내리던 날. 눈이 쌓인 고속도로 위를 달리는 자동차들이 너도나도 미끄러졌다. '미리 타이어를 손보지 않으면 저렇게 된다'고 중얼거리는 택시 기사. 하지만 눈이 워낙 많이 쌓인 탓에 우리 택시마저도 때때로 눈에 뒷바퀴가 빠져 이리저리 흔들리며 앞으로 나아갔다.

불안해하는 내 표정을 읽었는지 택시 기사가 말을 걸어왔다. "이렇게 눈이 많이 오는 일도 무척 드문데 말이죠. 댁까지 무사히 모셔다 드릴 테니 걱정 말고 안전띠 잘 매고 계세요." 이런 상황에서도 침착한 태도로 승객을 안심시키다니 참 대단하다는 생각이 들었다. 그의 말대로 나는 무사히 집에 도착했다. 차에서 내릴 때 그는 평소보다 시간이 더 걸려서 미안하다, 그리고 자신의 택시를 이용해 줘서 고맙다는 말까지 잊지 않았다. 그는 이생에서 대체 얼마나 많은 덕을 쌓으려는 걸까.

택시 기사는 운전을 하며 다양한 삶을 접한다. 나도 택시 기사를 통해 다양한 인생을 만난다.

— 2040년 —

네, 아무래도
그렇죠.

시나가와 역이요.
어라? 로봇 기사는
요즘 보기 드물던데···.

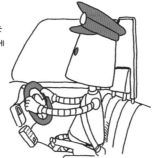

1.

이 근처에는
아마 저밖에
없을걸요.

옛날엔 여기에도
로봇 택시가
바글바글했는데.

2.

뭐라더라?
서비스가
획일적이라
질린다는 둥

반대

반대

반대 반대

반대

반대

인간이 일자리를
잃게 된다는 둥
결국 로봇은
다 잘렸죠.

3.

거기에다 택시는 인간미를 느낄 수 있어야 한다고 해서

요즘 로봇 기사들은 '인간미 이종면허'까지 따야 한다니까요.

4.

아, 그 얘기 어디서 들어본 것 같아.

로봇이 인간미 면허라니, 힘들겠어.

5.

잘 아시네요! 감정 강습까지 받느라 죽을 맛이에요.

인간들은 오죽할까 싶은 생각도 들고….

6.

저기, 신바시 역이라고 하셨죠?

시나가와, 시나가와!

7.

매일 게임을 하고 태블릿 PC로 열심히 유튜브 영상을 찾아보는 아들과 딸. 언젠가는 유튜버가 되는 것이 꿈인지라 일본에서 제일 잘나가는 인기 유튜버 '히카킨 HIKAKIN'을 동경한다. 일 때문에 텔레비전 방송에 출연한 이야기를 했더니 "진짜? 그럼 언젠가 히카킨도 만날 수 있겠네? 아빠도 유튜버 하면 좋을 텐데." 한다. 우리 집 아이들은 텔레비전 방송은 거의 보지 않는 편이라 아카시야 산마杉本高文는 물론 와다 아키코飯塚現子의 존재도 잘 모른다. 텔레비전이나 라디오보다 유튜브가 훨씬 친숙하고 재미있는 모양이다.

아이들은 유튜브로 다른 사람이 게임하는 모습을

지켜본다. 영상을 무제한으로 볼 수 있으니 좋아하는 애니메이션 시리즈를 앉은 자리에서 끝까지 볼 때도 있다. 온라인에서 사귄 친구들과 깔깔거리며 함께 게임을 즐기고 궁금한 게 있으면 음성 입력으로 검색해서 빠르게 답을 얻는다. 세상 참 좋아졌다. 내가 어렸을 적에는 비디오 대여점까지 직접 가서 고심 끝에 고른 영화를 일주일에 한 편 빌려 오는 것이 고작이었다. 물론 내가 했던 경험도 비디오조차 없던 시대의 사람이 보기에는 '세상 좋아졌다'고 할 만한 일이다. 예전에 누군가가 약간 설교조로 했던 말이 떠오른다.

"나 때는 말이야. 한 장면도 놓치지 않으려고 영화관에서 눈을 부릅뜨고 봤다, 이거야."

하지만 젊은 사람들이 세상의 풍족함에 익숙해져서 고마움을 모른다는 말은 쓸데없는 참견으로 들렸다. 그래서 나는 나이가 들어도 젊은 세대의 미디어 생활에 대해 왈가왈부하지 않는다는 인생 규칙을 세웠다. '요즘 젊은 것들'이라는 말을 입에 담는 순간 촌스러워진다.

내 부모님은 만화나 게임은 어림없어도 책 살 돈은 주겠다는 방침을 갖고 있었다. 시대적 분위기의 영향도 있었던 듯하다. 나는 하위문화나 넷컬처net culture도 일종의 교양이라고 생각한다. 정보를 어떻게 받아들이고 이해할지는 각자의 몫이지만 말이다.

유튜버도 참으로 다양하다. 재미있는 놀이를 보여 주거나 인형극을 하거나 가십을 다루는 등 각양각색이다. 또는 시청자의 물욕을 자극하는 사람, 타인을 괴롭히는 장면을 보여 주는 사람, 값비싼 물건을 사서 일부러 망가뜨리는 사람도 있다. 만약 아이들이 그런 영상을 통해 다른 사람을 욕하는 표현을 배웠을 때는 주의를 준다. 소설, 텔레비전, 인터넷 모두 마찬가지다. 어떤 식으로 흡수하는지를 보면 앞으로 무엇을 배우게 될지 알 수 있지 않을까?

나는 어릴 때부터 다양한 문화를 잡다하게 접해 왔

배움은 어디에나 있다

는데 대학에 들어간 뒤로는 많이 바뀌었다. 문학, 영화 그리고 미디어와 관련된 학문을 주로 익혔고, 그 사이 그때까지 내가 접했던 다양한 작품이 배움 속에 녹아들어 피와 살이 되었다. 아무리 졸작이라도, 아무리 통속적인 내용이라도 무엇 하나 버릴 게 없었다. 기대했던 것보다 재미없는 게임을 하고 실망했던 일, 유행을 따르지 않고 줄곧 다른 짓만 했던 경험도 모두 나에게 필요한 자양분이 되었다.

＊

이 세상에 게임이 존재한 덕분에 나는 초등학생, 중학생 시절 거의 매일 학교에서 괴롭힘을 당하면서도 무사히 학교를 졸업할 수 있었다.

'집에 가면 게임이 기다리고 있다.' '다음 주에 재미있는 게임이 새로 발매된다.' 내 마음을 뛰게 하는 게임이 있었기 때문에 학교에서 숱한 괴롭힘에 시달려도 세상이 나에게 등을 돌렸다는 생각에 빠지지 않고 견뎌 낼 수 있었다.

학교는 나에게 그다지 중요하지 않았다. 나에게 가장 중요한 것은 집에 돌아가 게임기 전원을 켜고 컨트롤러를 손에 쥔 바로 그 순간부터 시작되는 도트 그래픽의 가상 세계였다. 학교에서 툭하면 발길질과 주먹질을 당해도 하교 시간에 교실 문을 닫고 나오면 곧장 게임기 앞으로 달려갔다.

게임 캐릭터가 주인공인 만화를 즐겨 보고 게임 공략집이나 비밀 기술이 정리된 책자, 신작 게임 정보가 실린 잡지를 닥치는 대로 읽었다. 독서를 비롯해 나에게 필요한 정보를 얻는 경험은 모두 게임에서 시작됐다고 해도 틀린 말이 아니다.

역사 게임을 통해 전국시대와 삼국지 장수들의 이름을 배우고 격투기 게임을 하면서 세계지도를 공부했다. 어드벤처 게임을 접하면서 드워프나 엘프족이 나오는 《반지의 제왕 The Lord Of The Rings》 같은 하이 판타지 속

가상언어를 익혔고, 서브컬처 고전 명작도 알게 되었다. 게임 저장 파일이 날아갔을 때 세상사의 허무함을 깨달 았으며, 게임 속 악역들의 만행을 보며 타인에 대한 핍박 과 학살 행위를 절대로 용서치 않겠다는 다짐을 하기도 했다.

게임은 나를 망쳐 놓지 않았다. 오히려 게임을 하면 서 얻은 모든 경험이 나에게 도움이 되었다. 게임은 나에 게 교양이었으며 게임을 통해 사람들과 소통하며 인간 관계를 넓혔기에 게임이 나를 살렸다고 할 수 있다. 게임 을 하는 동안 신나게 놀았고 덕분에 많이 배웠다. 아무것 도 이룬 것이 없다고 생각되는 시간조차 절대로 무의미 하지 않았다.

소크라테스Socrates는 문자의 발명을 두고 게으름의 기술이라며 폄훼했다. 메이지 시대의 한 교육자는 소설 이 젊은이들을 범죄로 이끈다고 비판했다. 하지만 시간 이 지나면서 활자는 교양이 되었고 만화나 애니메이션은 쓸모없는 것으로 치부되었다. 평론가이자 논픽션 작가 오야 소이치大宅壯―는 텔레비전 같은 미디어 매체를 '일억총백치화―億総白痴化'(일억 명의 일본인을 백치로 만든다는 의미_옮긴이)라는 말로 비난했다.

새로운 미디어의 등장은 언제나 사회의 따가운 시선을 받았다. 게임을 하면 머리가 나빠진다며 게임의 가치를 깎아내리는 시기를 지나 '인터넷 깎아내리기' 시기가 있었고, 이제는 '스마트폰 깎아내리기'의 시대로 접어들었다. 100년 뒤에도 인류는 새롭게 등장한 미디어를 틀림없이 비판할 것이다.

물론 새로운 미디어가 사회에 새로운 문제를 일으키기도 한다. 하지만 도움받는 사람도 분명 많다. 한쪽 면만 봐서는 안 될 일이다. 무엇이 되었건 그것이 사람, 더 나아가서는 사회를 위해 어떤 역할을 하는지도 함께 생각해 봐야 한다.

*

중학생이 되자 내 생활은 크게 바뀌었다. 무조건 부활동(방과 후 학교에서 이루어지는 특별 동아리 활동_옮긴이)을 해야 한다는 교칙 때문이었다. 부활동은 어디까지나 자율적인 활동이라 의무적으로 참가해야 한다는 법적인 근거가 없었는데도 우리 학교는 학생들의 일탈 행위를 예방한다는 명목으로 모든 학생을 억지로 부활동에 참가시켰다. 어른이 된 지금에야 일본 중고등학교 부활동이 조금 특이한 문화라는 사실을 알게 되었지만, 당시 학생들은 누구도 의문을 품지 않았다. 당연한 일, 어쩔 수 없는 일로 받아들이고 순응하는 자세를 배우는 곳이 바로 학교였다.

나는 지금도 그때 느꼈던 기분을 생생하게 기억하고 있다. 초등학생 때부터 학교가 불에 타 버리거나 같은 반 누구누구가 사라져 주었으면 하고 바랐지만, 혹시라도 내가 범죄를 저지르면 앞으로 '게임'을 할 수 없다는 생각에 그저 하늘에서 운석이라도 뚝 떨어져 내리기를 기도했다. 시간이 지나면서 그런 생각은 내가 언젠가 게임을 만드는 사람이 되어 좋아하는 게임을 실컷 하겠다는 꿈으로 바뀌었고, 비로소 나는 어른이 되어 가는 과정을 긍정적으로 받아들이기 시작했다. 그리고 중학생이되어 드디어 '어른'에 한 발짝 더 가까워졌다고 생각했건만 일탈 행위 방지를 위한 의무적 부활동이라니! 머릿속이 하얘지며 아무 생각도 나지 않았던 그 순간을 아직도 기억한다.

오히려 엇나가고 싶은 마음이 강하게 들고 학교는점점 더 싫어졌다. 하지만 어떻게든 마음을 다잡고 생각을 바꾸기로 했다. 어차피 해야 한다면 제일 편하고 집에빨리 갈 수 있는 동아리에 들어가자.

'운동부는 당치도 않아. 문화부처럼 행사가 많은 동아리도 피해야지. 선배들에게 복종하는 분위기의 동아리는 절대로 안 돼.'

하나씩 리스트에서 지워 간 끝에 선택한 동아리는기술부였다.

"나, 중학생 때 기술부 부장이었어."

추억담을 늘어놓다가 학창 시절의 부활동 얘기를 꺼내면 대체로 "기술부라니? 무슨 활동을 하는 거야?"라는 반응을 보인다. 기술부가 모든 학교에 있지는 않았던가 보다.

"음악 동아리는 취주악부랑 합창부, 국어 관련은 문예부나 연극부, 이과계열은 생물부, 기술가정의 '가정'에 속하는 게 조리부랑 수예부, 남은 '기술' 부분이 바로 기술부지."

이렇게 설명하면 나와 비슷한 세대들은 대체로 알아듣는다. 다시 말해서 기술부는 목공, 전기공작, 컴퓨터 프로그래밍을 하는 동아리다.

부활동은 의무적이었지만 그렇다고 해서 학교가 활동에 필요한 예산을 주는 것도 아니었다. 목공은 물론이고 전기공작에 들어가는 재료마저 살 수 없으니 딱히 할 일도 없었다. 게다가 발표회나 대회에 나가지도 않아서 목표의식도 없었다. 책상 앞에 앉아 적당히 시간을 보내면 그만이었다. 말 그대로 시간 낭비였다. 수업이 끝나고 바로 집에 가면 역사 드라마나 영화를 보고 게임도 할 수 있을 텐데.

어느 날 교실에 있던 구형 컴퓨터에 전원을 연결하고 8인치 플로피 디스크를 넣어 보았다. 부원들이 가져온 소프트웨어를 시험하거나 테트리스 같은 간단한 게임을 프로그래밍해 보기도 했다. 하지만 그 이상은 할 수 있는 일이 없었다. 1990년대였던 당시 개인용 노트북은 너무 비싸서 만져 보지도 못했다. 물론 선생님에게도 프로그래밍을 가르칠 수 있는 능력은 없었다. 애초에 컴퓨터로 무엇을 할 수 있는지조차 알려주는 사람이 없었다. 결과적으로 우리는 해커가 되지 못했다.

재미도 없는 카드 게임만 하며 지루해하는 부원들. 차라리 이름을 게임부로 바꿔서 각자 게임기를 가져와 재미있게 노는 것이 더 나을 성싶었다. 하지만 지도 선생

배움은 어디에나 있다

님이 그런 요구를 허락할 리 없었다. "다른 동아리 학생들이 부러워해서 안 돼." 그럼 집에라도 일찍 보내 달라고 했지만 소용없었다. "그건 동아리 기강이 무너지는 일이라 어렵고." 대체 무슨 논리란 말인가. 그렇다고 거세게 반항하거나 창문을 부술 만한 배짱은 없었다. 싸움이라면 학교에서 제일 약했으므로.

정면 승부가 통하지 않는다면 다른 길을 택할 수밖에. 이 또한 게임에서 배운 지혜다.

"선생님, 엄마가 학원 다니라고 해서 5시에는 조퇴해야 하는데요."

'엄마'라는 비장의 카드를 꺼냈다. 학교가 거역할수 없는 성역을 이용한 것이다. 이건 반역이 아니라 형식주의에 대한 절충안을 제시하는 일이었다.

선배들도 선생님도 차마 안 된다는 말은 하지 못했다. "뭐, 그럼 어쩔 수 없지." 전광석화와 같은 기지를 발휘해 얻어 낸 대답이었다. 어쩔 수 없다는 논리만 가득한

공간에서 어쩔 수 없는 논리로 손에 넣은 '귀가권.'

❋

중학교 2학년 되자 인재 부족 현상으로 내가 기술부 부장이 되었다. 후배들도 새로 들어왔다. 과연 뭘 하면 좋을까? 주어진 시간을 조금이라도 헛되지 않고 즐겁게 보낼 방법은 없을까?

지도 선생님과 상의해서 새로운 미션을 만들었다. 바로 학교의 환경 개선이었다.

학교를 위한 활동이라는 점을 어필해서 지도 선생님을 통해 목재 등을 받아 게시판이나 벤치를 만들기 시작했다. 부서진 책상이나 고장 난 시계를 수리하기도 했다. 아버지에게 배운 목공 공구 사용 기술은 이때 처음으로 내 인생에서 빛을 발했다. 톱, 대패, 쇠메, 사포, 납땜인두 등 다양한 공구를 사용해서 하교 시간까지 주어진 과제를 하나둘 완성해 갔다. 돌아오는 보상은 즐겁게 시간 보내기였다.

교내에 게시판이나 벤치를 설치하자 학생들의 움직임이 달라졌다. 단순히 이동 통로에 불과했던 복도에 벤치를 중심으로 학생들이 모여들기 시작했다. 어떤 동아리에서는 부활동 중에 '벤치에 앉아 있는 선배와 서 있는 후배' 구도를 만들며 벤치를 상하 관계의 상징으로 이용하기도 했다.

각층에 게시판이 생기자 학생회나 학급에서 게시물을 발행하기 시작했다. 사물로 인해 사람들의 행동이 변화하는 모습은 마치 '심시티Simcity'(도시 건설 게임_옮긴이)를 보는 듯해서 조금은 재미를 느꼈다.

있는 재료로 무언가를 만드는 일과 목적을 찾는 일. 억지로 시작한 부활동에서 마음의 양식을 얻었다는 사실이 썩 내키지는 않았지만 뭐든지 게임화하면 무료한 생활도 그럭저럭 즐거워질 수 있다는 깨달음을 얻었다. 인생에서 경험하는 모든 일이 교재라는 사실도 함께. 게임은 물론이고 유튜브도 마찬가지다.

아무리 그래도 '마감일 지키기'는 여전히 어렵다. 마감을 잘 지켰을 때 칭찬해 주는 앱이라도 출시되면 좀 나아지려나.

세상에는 두 종류의
사람이 있습니다.
성공하는 사람과
그렇지 못한 사람.

1.

성공하는 사람들은
'모든 일에서 배움을
얻는 능력'을 갖고
있습니다.

2.

'어떤 환경에
있는지'가 아니라
'그 환경에서
무엇을 배우는지'가
중요합니다.

3.

지금부터 여러분에게
비디오를 보여 드릴 건데요.
'성공'과는 관련 없는
내용으로 보일 수도 있습니다.

4.

이 비디오를 보고
재미없다거나
시간 낭비라고 느끼는 사람은
앞으로도 평생 성공과는
거리가 먼 삶을
살게 될 겁니다.

자신 있게
말씀드릴 수
있습니다.

5.

자기 스스로 배움을
발견해 내는 재능이
있는지 한번 확인해
보기 바랍니다.

6.

자, 그럼 지금부터
제 손주의
운동회 비디오를
감상하시겠습니다.

2시간 정도
됩니다.

7.

인생에서 고난을 없애라

염색집 주인이 흰옷만 입는다. 의사가 제 몸 못 돌본다. 목수가 제집 못 고친다. 미용사가 제 머리 못 만진다. 소경이 저 죽을 날 모른다. 가마꾼이 가마 못 탄다. 대장장이 집에 식칼이 논다. 의사는 요절하고 승려가 지옥에 떨어진다.

각각 뉘앙스는 다르지만 '자신이 가진 능력을 정작 자신을 위해서는 사용하지 못하거나 혹은 사용하지 않는 다'라는 뜻의 속담들이다.

살다 보면 머리로는 알고 있어도 실행에 옮기기 어려운 경우가 많이 있다. 다른 사람을 위해서라면 할 수 있지만 정작 자기 자신을 위해서는 그렇지 못했던 경험이 있는 사람도 많지 않을까?

　나도 마찬가지다. 내 자신을 독려하는 일에 서툴다. 그리고 항상 다양한 일에 얽매여 있다. 타인을 응원하고 사람들이 자유롭게 살 권리를 주장하는 평론가이건만 정작 나 자신은 돌보지 않는다고 느낄 때가 많다. 삶에서 고난을 없애는 일, 현대사회의 규범성을 의심해 보는 일. 그런 일들을 타인에게는 적극적으로 권하고 있으면서도 이미 내면화된 나 자신의 가치관을 바꾸는 일은 여간 어렵지 않다.

＊

　발달 불균형인 내 아들과 딸은 개성이 넘친다. 내 눈에는 두 아이가 하는 모든 행동이 그저 사랑스럽고 또 자랑스럽다. 아들과 딸은 각자 잘하고 못하는 분야가 뚜렷하게 다르다. 그런 이유로 개인의 특성을 고려하지 않고 획일적 교육을 제공하는 학교라는 장소가 아이들에게 어울리지 않는다는 사실을 입학식 날부터 느끼고 있었다.

"여러분, 입학을 축하합니다! (축하합니다!)" 상급생이 신입생을 향해 한쪽에서 구호를 외치면 다른 쪽에서도 똑같은 구호를 외치는 모습. 바로 매스 게임mass game이다. 집단행동을 추구하는 불가사의한 공간이다. 오랜 세월이 지나도록 이런 분위기는 한결같이 유지된다. 과연 아들딸은 이곳에 잘 적응할 수 있을까? 후유증이 되살아나는 기분이었다.

아니나 다를까. 두 아이 모두 몇 주 지나지 않아 학교에 가기 싫다며 눈물로 호소하기 시작했다. 돌봄과 지도를 바탕으로 이루어진 유치원 생활은 꽤 즐거워하며 잘 적응했지만, 명령과 꾸짖음이 난무하는 학교는 그저 괴롭기만 한 것 같았다. 익숙해지면 괜찮아지겠거니 하는 마음으로 한 학기 동안은 함께 학교에 가서 아이들 곁에 붙어 있는 등 이런저런 노력을 해 봤지만 별다른 효과는 없었다.

아들은 가족끼리 해외여행을 하는 동안 '학교에 가

야 하니 집에 돌아가고 싶지 않다'고 했고, 딸은 학교를 마치고 집으로 가는 길에 '학교에서 이것저것 해야 하는 게 많아서 힘들다'며 투정했다.

"그럼 이제 학교에 가지 말자."

이렇게 말한 순간 두 아이 모두 조금 놀라는가 싶더니 이내 안심하는 표정을 지었다. 나는 아이들을 놀라게 했다는 사실에 미안한 마음이 들었다. 한 학기가 끝날 때까지 매일 등교하는 상황 속에서 아들과 딸은 자신들의 요구가 받아들여지지 않을 거라 짐작한 듯했다.

무리하게 아이들을 학교에 보내는 것보다 중요한 일은 많다. 나는 아이들이 세상은 즐거운 곳이고 살아갈 가치가 충분하다는 사실을 알았으면 한다. 그렇지 않아도 매일 아침 등교 시간마다 옥신각신하는 시간이 아까웠다. 그럴 시간에 차라리 애니메이션 한 편이라도 더 보여 주고 싶었다.

보호자에게는 아이들이 교육을 받게 할 의무가 있

다. 하지만 그 의무가 아이들을 자신과는 어울리지 않는 장소에 억지로 보내는 일을 의미하지는 않는다. 현실적으로 학교 이외에는 선택지가 부족한 것도 사실이다. 그래서 당분간은 내가 직접 공부를 가르치거나 함께 야외에서 활동할 기회를 늘리고 학습 도우미와 가정교사의 도움을 받으며 생활해 보기로 했다.

물론 아이들이 등교하지 않게 된 것을 긍정적으로 받아들이고 이 같은 결정을 내린 나 자신을 긍정하는 일은 별개의 문제였다. 과연 이대로 괜찮을까? 정답은 없다고 생각하는 한편 내 결정이 최선책이라는 확신도 없었다. 나는 과연 좋은 부모일까? 끝없이 묻고 또 물었다. 다른 사람들 눈에 어떻게 보일지 걱정하는 마음도 완전히 사라지지는 않았다.

*

라이프 스토리life story, 즉 삶의 이야기를 어떤 식으로 풀어 나갈 것인가. 과거를 어떻게 이해하고 현재를 어떻게 평가하며 미래에 무엇을 기대할 것인가. 삶에 대한 그림이 그려지지 않는 순간 사람은 혼란스러워진다. 자신이 살아온 인생과 세상이 정한 규범을 비교하기 시작하면 자칫 부정의 늪에 빠지기 쉽다.

바로 그때가 '삶의 이야기'를 다시 써야 할 시점이다. 나는 어떤 사람인지에 대해 새롭게 써 내려가기 위한 언어가 필요하다. 그렇지만 삶의 이야기를 다시 쓰려면 생각보다 많은 에너지가 소모되기 때문에 혼자의 힘으로는 쉽지 않다.

'다시 쓰기'가 필요한 시점에 자신이 어떤 사람과, 또는 어떤 일과 연결되어 있는지에 따라 나아가는 방향이 달라진다. 더러는 악의적인 사람들과 관계를 맺기도 한다. 무언가에 의존하는 사람들도 있다. 그 모든 일이 다시 쓰기에 도달하기까지 필사적으로 살아남고자 하는 행위다.

다양한 의존증이나 심각한 마음의 상처가 있는 당

사자들 또는 그 부모들의 치료 모임에서는 구체적인 지식 공유와 더불어 서로의 '삶 다시 쓰기'를 응원한다. 나 또한 부정적인 상황에 빠졌을 때 이런 과정이 얼마나 중요한지 몸소 느낄 수 있었다.

우울증, 별거, 이혼을 거치면서 내 삶이 무너져 내릴 때, 사회에 대한 소속감과 내가 있을 자리를 상실하고 내 안에서 조금씩 조금씩 생명력이 꺼져 가던 그때 나를 다시 일으켜 세운 존재는 내가 그동안 멀리해 왔던 인간관계였다.

변함없이 내 옆에 있어 준 사람들. 바짝 거리를 좁혀 말을 걸어 준 사람들. 그리고 전에는 몰랐던 그들의 라이프 스토리.

부모가 이혼했다. 어려서 부모를 여의었다. 보육원에서 자랐다. 동성혼을 했다. 별거 중이다. 이혼했다. 결혼하지 않고 혼자서 아이를 키운다. 의존증을 앓는다. 학교를 중퇴했다. 해외에 사는 가족과 거의 연락을 하지 않는다. 한때 노숙 생활을 했다….

십인십색이라더니 내 주변 사람들의 삶도 저마다 다르다. 그런데도 나는 그들에게 인간적으로 끌린다는 사실을 새삼 깨달았다. 사람들과 접하며 아주 천천히 삶을 다시 써 내려갈 수 있었다.

지금 내 아이들에게는 '아빠 집'과 '엄마 집'이 따로 존재한다. 아이들은 자유롭게 두 집을 오가며 아빠 집에서든 엄마 집에서든 "다녀왔습니다." 하고 인사한다. 두 집에서 밥을 먹고 놀고 공부하고 잠이 든다.

"너희는 아빠보다 넓은 세상을 경험하고 아빠보다 더 많이 웃는 어른이 될 거야."

어느 날 밤 '아빠 집'에서 잠잘 준비를 하는 아이들에게 말했다. 아이들은 강하게 고개를 저었다.

"아빠 엄청 잘 웃잖아!"

"난 아빠 웃는 얼굴 좋은데."

"아빠가? 아빠 웃는 얼굴이 좋다고? 고마워. 혹시 이런 얼굴인가…?"

아이들 앞에서 있는 힘껏 얼굴을 찡그렸다. 그러자 못생긴 얼굴 만들기 대회가 시작됐다. 그날 밤, 아이들 방에는 평소보다 늦게까지 불이 켜져 있었다.

평범하지는 않지만 어쨌거나 새로운 생활을 시작하고 꽤 시간이 흘렀다. 아이들이 오기 전에 청소와 요리를 하고자 하는 의욕이 생겼다. 지금 나는 그동안 겪은 많은 일을 통해 새로운 삶의 이야기를 써 나가고 있다.

매년 크리스마스가 되면 아이들에게 산타클로스가 찾아온다. 미국 영화에서처럼 선물이 몇 개씩이나 쌓인다. 어렸을 때는 나도 바랐지만 끝내 경험해 보지 못한 일이다.

크리스마스가 오기 전에 미리 갖고 싶은 선물을 물어보고 아이들과 셋이서 함께 산타클로스에게 문자 메시지를 보낸다. 그러고 나면 24일에 선물이 '엄마 집'에 잘 도착했는지 내가 배송조회 이메일로 확인한다. 다음 날 내가 '엄마 집'에 가면 아이들은 올해도 산타가 왔다며 선물을 자랑한다.

"와, 선물 받아서 좋겠다! 산타 할아버지는 이번에도 바빠서 선물만 놓고 가셨나 보네."

그러자 아들이 말했다.

"근데 아빠, 내 거 아닌 선물도 한 개 있었어. 산타 할아버지가 좀 덤벙대시는 것 같아."

"그러게. 산타 할아버지도 실수하실 때가 있겠지. 아니면 혹시 보너스 선물을 주신 거 아닐까?"

그때 딸이 물었다.

"아빠, 아빠가 산타 할아버지야?"

"응? 왜 그런 생각을 했어? 아빠는 직업이 따로 있는데."

딸은 다행이라는 듯 만족스럽게 고개를 끄덕였다. 그리고 말했다.

"아빠, 그럼 아빠한테도 크리스마스 선물 받을래."

아… 그래…. 아빠도 뭔가 줘야지…. 그런데 딸아, 넌 타고난 책략가구나.

*

아이들은 엄마와 아빠가 울던 날을 기억하고 있을까? 아니면 혹시 엄마와 아빠가 이혼하기로 했지만 앞으로도 너희들의 엄마와 아빠라는 사실은 변하지 않는다고 해 주었던 말을 기억하고 있을까? 나쁜 기억으로 남아 있을지도 모른다. 그래서 즐거운 추억을 더 많이 만들어 주고 싶다.

"아빠, 옛날에 물에 빠진 고양이 구해 준 적 있잖아. 그때 아빠가 꼭 슈퍼맨 같았어."

아들은 어릴 적 일을 잘도 기억해 낸다. 앞으로도 계속 기억해 주면 좋겠다. 그리고 가끔 이 아빠를 칭찬해 주었으면. 그리고 언젠가 위험에 처한 사람을 보게 됐을 때는 도와줄 수 있는 어른을 찾는 것도 한 방법임을 잊지 말기를.

"이거, 아빠 친구한테 받은 과자야."

"아빠 친구가 준 장난감인데 너희들 갖고 놀아."

가끔 일 관계로 들어온 선물을 아이들에게 양보한다. 그럴 때면 딸아이는 "우아, 아빠 꼭 비실이(《도라에몽》의 등장인물로 부유한 집안의 아들이라 장난감을 많이 가지고 있으며 주인공 노진구를 괴롭힌다_옮긴이) 같아!" 하고 무척 좋아한다.

오케이. 무슨 말인지는 대충 알겠으니 기쁘게 받아들이기로 했다. 그런데 다른 사람한테 그런 말을 할 때는 조심하렴.

함께 생활하다 보면 아이들이 각자의 속도로 저마다 잘 성장하고 있다고 느낀다. 학교에 다니지 않으면 일반적이지 않다고 생각할지도 모른다. 만약 그렇더라도 나는 아이들이 사회로부터 방해받지 않고 세상을 즐기는 재능을 키워 나갔으면 한다.

사회가 너희들을 지켜 주지는 않는다. 그런 사회의 질서를 너희들이 억지로 따를 필요는 없다.

누가 너희들에게 평범하지 않고 '기준'에서 벗어났다고 말하더라도 그런 진부한 언어로 너희들의 인생을 부정하지 않았으면 좋겠다.

이런 아빠의 생각이 세상의 기준에서 벗어난 것임을 잘 알고 있다. 언젠가 너희들이 아빠의 생각을 부정적으로 평가하는 날이 올지도 모른다. 그런 생각을 하면 두려움이 앞서기도 하지만, 만약 그날이 오면 아빠는 또 한 번 느린 속도로 삶의 이야기를 다시 쓰겠지. 그러니 앞으로도 너희들이 원하는 인생을 살았으면 한다.

＊

올해 만 서른여섯인 내 생각에 마흔 살이면 불혹이라는 말은 거짓말 같기만 하다. 앞으로 4년만 지나면 세상사에 갈팡질팡하거나 흔들리지 않게 된다니, 말이 안 된다. 사람은 끊임없이 변화한다. 그리고 변할 때마다 '다시 쓰기'도 필요해지지 않을까? 자신은 어떤 일에도 흔들리지 않는다고 믿는 사람이야말로 답이 없다.

인생에서 고난을 없애라

부모가 되는 일 역시 갈팡질팡의 연속이다. 자식에게 무엇을 가르치고 어떤 말을 해야 하는지, 더 나은 환경을 만들어 주려면 어떻게 해야 하는지 고민하며 갈피를 잡지 못하고 헤매는 일은 부모로서 지녀야 하는 의무일지도, 어쩌면 권리일지도 모른다.

그러고 보니 고등학생 시절 《논어論語》를 항상 옆에 끼고 다니던 시기가 있었다. 삶에 대한 지침을 주는 책이라 마음이 든든했는데, 나는 책에서 말한 대로 살려고 노력 중이며 다른 사람들보다 교훈을 잘 실천하고 있다는 자의식도 조금은 있었다.

그 시절에 상상했던 삶과는 거리가 있지만 지금의 내 삶이 훨씬 풍요롭게 느껴진다. 어릴 적 나라면 이해할 수 없었을지 모르지만 지금의 나는 인생에 대해 이래라저래라 말하는 목소리에 이렇게 반격하고 싶다.

모든 일에 특정한 가치관을 강요하지 말라. 아무것도 모르면서 함부로 말하지 말라. 돕지 않을 바엔 흙 묻은

발로 나를 밟지 말라. 깊이 생각해 보지도 않고 멋대로 타인의 인생을 평가하지 말라.

이게 내가 사는 방식이다. 무엇이 잘못됐는가.

과연 내 판단은
옳았을까?

언젠가
'그 선택은 꼭 필요했다'고,
'그럴 만한 가치가
있었다'고 생각할 수
있는 날이 오기를.

그러기 위해서
부드러운 태도와
유머 감각을
키우고

아하하하!

1.

2.

3.

정말로 옳은 길,
근사하고 재미있는
것들을 찾아 나서는
호기심을 언제까지나
간직했으면 해.

4.

행복해지려고
다른 사람들과
똑같은 길을
선택하지 않아도 돼.

5.

네가 발견한 행복이
다른 사람들의
행복과 달라도
괜찮아.

6.

언젠가 네가
너만의 행복을
발견했으면
한단다.

이것 봐,
이것 봐!

이상하게
생긴 돌을
찾았어!

7.

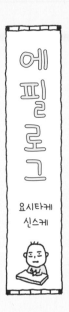

에
필
로
그

요시타케
신스케

1.

우리는 누구나
'색안경'을 끼고
살아갑니다.

2.

사물을 바라보는
방식을 좋은 방향으로
교정하면 세상은 더
아름다워 보이겠지요.

어떠세요?

와! 전혀
달라 보여요!

3.

어쩌면 우리는
'자신에게 꼭 맞는
안경'을 만들어 주는
이상적인 안경 가게를
찾아 헤매고 있는지도
모릅니다.

4.

하지만 이 세상에는
'안경을 바꿀 수 있다'는
것을 모르는 사람도 있고
'자신이 안경을 쓰고 있다'는
사실조차 모르는 사람도
많습니다.

학생 안경은
좀 이상한 것
같아.

5.

또 사람마다
잘 맞는 안경과
그렇지 않은 안경이
있답니다.

이 정도가
딱 좋네!

너무 잘 보여서
피곤해···.

6.

게다가 어떨 때는
누군가가 처한
입장에 따라서
어울리는 안경 모양이
저절로 정해지는 것
같기도 합니다.

···난 저 안경은
못 쓸 것 같아.

7.

하지만 '당사자이기
때문에' 가능한 일들이
있는 것과 마찬가지로
'당사자가 아니기
때문에' 가능한 일도
분명 있답니다.

저는 구급상자에
어울리는 캐릭터를
그렸습니다!

구급상자를
만들어 봤어요.

8.

많은 경험을 하면서
나만의 안경으로만
할 수 있는 역할을
발견하는 것이
중요하지 않을까요?

9.

현장에서 만난 다양한 사람들과의
관계 속에서 발견한 것들을
표현하는 치키 씨의 글에
'아무것도 모르는 내가
일러스트를 그려도 될까?' 하고
몇 번이나 망설였습니다.

10.

그러다 문득 '잘 모르는 사람
또는 당사자가 아닌 사람의
시선'으로 사물에 대한 생각을
색다르게 표현할 수 있다면
그것도 나름대로 의미가 있지
않을까 생각했습니다.

11.

세상에는 다양한
모양의 안경이 있고
내 안경만큼은
내가 원하는 대로
고를 수 있으니까요.

12.

그건 그렇고, 요즘 갑자기
노안이 생겨서 정말로
안경이 필요해졌습니다.
이제 '진짜 안경' 찾기
여행을 떠나려 합니다.

초점이….

그럼 이만.

옮긴이 조은지

일본 무사시노미술대학교에서 예술문화와 철학, 비평, 미디어론을 공부하며 졸업 작품으로 '미디어 리터러시'에 대한 논문을 썼다. 졸업 후 세계 일주 항해를 통해 분쟁, 인권, 역사, 교육, 환경 등 다양한 사회문제를 중심으로 활동을 펼치는 일본의 NGO 피스보트에 입사하여 각종 프로젝트에 참여했으며, 현재 피스보트 크루즈의 한국 영업 및 기획을 담당하고 있다. 한편 바른번역의 일본어 출판 번역 과정 수료 후 외서 검토와 기획을 진행하고 있으며, 다양한 지역의 문화와 여행, 예술, 사회현상 그리고 뉴미디어론에 관심이 많다.

이 안경으로 말씀드리자면

초판 1쇄 인쇄 2020년 11월 26일 | 초판 1쇄 발행 2020년 12월 14일

글 오가우에 치키 | 그림 요시타케 신스케 | 옮긴이 조은지
펴낸이 김영진

대표이사 신광수 | 본부장 강윤구 | 개발실장 위귀영 | 사업실장 백주현
책임편집 박현아 | 디자인 김가민
단행본팀장 이용복 | 단행본 권병규, 우광일, 김선영, 정유, 박세화
출판기획팀장 이병욱 | 출판기획 이주연, 이형배, 김마이, 이아람, 이기준, 전효정, 이우성

펴낸곳 (주)미래엔 | 등록 1950년 11월 1일 (제16-67호)
주소 06532 서울시 서초구 신반포로 321
미래엔 고객센터 1800-8890
팩스 (02)6455-8816 | 이메일 bookfolio@mirae-n.com
홈페이지 www.mirae-n.com

ISBN 979-11-6413-699-5 03830

이 도서의 국립중앙도서관 출판예정도서목록(CIP)은 서지정보유통지원시스템 홈페이지
(http://seoji.nl.go.kr)와 국가자료공동목록시스템(http://www.nl.go.kr/kolisnet)에서
이용하실 수 있습니다. (CIP제어번호: CIP2020046870)